U0606698

LA PETITE DANSEUSE DE DEGAS

MICHEL PEYRAMAURE

德加的小舞女

[法] 米歇尔·拜拉莫尔 著　韩沪麟 译

作家出版社

献给吉尔·巴里萨和热拉尔·波纳夫瓦

目　录

1. 德加[①]先生的热牛奶

德加先生在太阳露出笑脸时总要出门走走，这天也一样，他坐在巴蒂尼奥勒大街与特鲁西交界处的维克多咖啡馆的平台上。此处离格里歇广场很近，这条大动脉车水马龙，行人、马车、公共汽车顺着平行侧道纷纷朝蒙梭公园涌去。他几乎双目失明了；方才，他在拥挤的街道上用手杖尖开道，在行人的腿肚子上碰来碰去，一位少妇禁不住莞尔一笑；他不小心掀起了一个肥胖的英国女游客的裙裾，招来一顿臭骂，连一条打瞌睡的狗也向他提出了抗议。

他也不道歉，继续探路前行，此时，一个侍仆搂起他的胳臂，并且不会让他误会别人在帮助他，只是不紧不慢地对他的顾客说：

“德加先生，请坐在这颗月桂树后面吧，这里没有风，走路也不会碍着您。像平时那样要一杯热牛奶吗？”

---

① 德加（1834－1917），法国画家、雕塑家。他在19世纪受到马奈印象主义的影响，将绘画主题转为巴黎行色匆匆的生活，特别是芭蕾、戏剧、赛马场和咖啡馆。色彩画是他最喜爱的表现方式，他画了一系列的浴女、芭蕾舞女演员。德加从1880年起开始创作蜡像，在他去世后被制造成铜像。他是第一个被认同的印象派画家。

“热的，但不要烫。上次，我的舌头烫伤了，至今还有伤疤。”

“我注意就是了，不会再发生了。”

“您以为我坐的这个位置真的不影响望街吗?”

侍仆轻轻叹了一口气，对这个性格古怪的老头苦笑了一下，翻转抹布擦桌子。德加先生不像一般客人，很少有和颜悦色的时候，总是不满意；说到小费，他不知道有这个规矩，要不就是装聋作哑。然而，他确实是一位值得人们关注的伟大艺术家。当天上午，费加罗报还刊登了有关他的一篇文章，并且附上了他的一件作品的照片，画的是一个身穿短裙的黑女孩，丑得令人不敢目睹。

眼下正是五月风和日丽的一天，有些诗人形容这样的天气散发出暖烘烘的热面包的香味；又有些诗人说是女人肉体的芬芳。晚风习习，从树间穿过，街上的集市乱哄哄的，圣心教堂传来了阵阵钟声，预示着城市的夜幕即将降临。

侍仆托着一杯牛奶走来，德加先生问他平台上哪来那么多的白蝴蝶。

“蝴蝶，先生?可我眼前尽是白瓣瓣。确实，这些白瓣瓣落得满处都是，我们不得不每天打扫街面三次，有的还落到酒杯里，讨厌死了。老板娘称它们为缎花，或是金钱草。也有人说是缎花的异种；好像是从阳台上落下的，年年如此。像您这样的老顾客大概还记得……”

“记忆，我的朋友，记忆……滚蛋吧……”

德加先生用指尖挑起一片落在餐桌上的像一只死蝴蝶般的白瓣瓣。白瓣圆圆的，非常透明，像一枚一百苏的钱币那般大小，细微的黑色小种子将会成长成一株植物。这种密密麻麻、长着白色翅膀的鞘翅目昆虫，在一阵暴风骤雨过后，覆盖了整个城市、国家和地球，德加在这片白色的大地上，梦想着鲜花盛开的春天。在这片由植物形成的“皑皑白雪”之下，人，以及他们的作品都不复存在。这是一个极地的天国，那里没有人类的踪迹，是另一类生命的福地。

德加先生问牛奶的温度是否适中。

“可以了，先生，我已经进去说过了。”

“真的吗？您如此肯定，是否已经尝过了？”

“先生，您在开玩笑吧？”

“啊，是在开玩笑，开玩笑……请等等！请您告诉这些德国人——我的这些邻座，请他们说话小声些；他们烟斗喷出来的烟雾很呛人，好像夏伊奥宫[①]那里喷出来的烟火。”

两个身材肥胖、头戴插羽绿帽的巴伐利亚人用德文表示歉意。

德加先生用杖柄碰了碰毡帽帽檐，嘴角露出不屑的微笑，目光又投向街上熙熙攘攘的人群。他的热牛奶稍稍加了一点

---

① 1937年由几名法国著名建筑师设计建造的建筑群，由海军博物馆、艺术博物馆等建筑构成。

香草香料，他心满意足地品尝了第一口。

巴尔贝斯－蒙梭线的公共车沿着人行道行驶，基座发出刺耳的摩擦声和车身吱吱嘎嘎的振动声；车顶下面，坐着一些与店或是与工场解除合同的女工。

德加先生心想，从前散步心情愉快，只需公共马车慢无目的地从起点到终点来回走走就行了，眼下早已时过境迁了。那时，他的目光依然敏锐，眼睛睁得大大地注视着街景，认真倾听着邻座的议论，贪婪地闻着女人身上散发出的香味。他不分时间，在公共马车里一坐就是几个小时，从不感到厌倦，拒绝任何人陪同，这样他就可以专心致志地注视着永远在变化着的城市风景，在他看来，一座新兴的城市正在逐渐兴起。

就在此刻，他坐在平台上，在饮用一杯热牛奶的当儿，在貌似蝴蝶的白瓣瓣像雨点似的落下之际，他在注视着什么呢？他在关注什么细节呢？他看见了维克多大街上的行人和顾客没有看见或无法看见的东西吗？一片形态、色彩不断在变化的薄雾、一对对光与影的组合，还是酝酿中的一部杰作的构思和草图？

他从未自怨自艾过。从医学上说，他的视力有限，但他胸有成竹，享用着这早有所料的、可怕的生理缺陷。如有人问他时间时，他从表袋里掏出他的怀表，看也不看就交给对方了。有一个传奇故事，叙述盲人老荷马向他的文书讲述《奥德赛》

的故事，他似乎已经开始有这个体验了。

丧失目力，这是所有艺术家的梦魇。

他的眼疾在他 1872 年与他的家人在路易斯安那州[①]小住时已经有了征兆，那是在法国巴黎公社的火焰熄灭之后的两年间。那时，他还不满四十岁，除了眼睛以外，其他器官均完好无损。在得眼疾的最初阶段，他已经像他的一个朋友那样，想象自己如同盲人画家欧也纳·加里埃尔[②]那样，在朦胧的光线中，描绘自己看得见的东西了。

附近圣-安德烈教堂钟楼上的大钟已报六点。平行侧道的集市上飘来的蜀葵的香味与邻座上散发出的苦艾酒的味道、一个戴着短面纱的矮个小资女人的手提包上溢出的茉莉花香混杂在一起。一排排树木的上空，在几团月色的絮状物之间，太阳仍在用彩笔描绘着姗姗来迟的云霓。《小报》的报贩大声吼叫着“美丽城地区发生凶杀案”。

德加先生喝完了最后一口尚温的牛奶，在小圆桌上扔下了一枚钱币，在等找钱的当儿，已经在探索着在两张椅子中间如何插上他的手杖了。他倒不在意老太婆左爱为他准备的面糊，因为平时他回家晚了，她就一只眼睛瞄着挂钟，给他端

---

① 美国的一个州，曾是法国的殖民地。

② 欧也纳·加里埃尔（1894－1906），盲人画家，善于在半明半暗中从事绘画艺术，擅长画人物肖像及家庭生活。

上冷的吃。

我没料到会在维克多咖啡馆的平台上遇见他，此刻，他正抖抖颤颤地摸索着离开他的座位。

只要一眼看见他那身破旧的黑色套装、常年坐在公共车上穿越城市的饱经风霜的毡帽，以及他那老猎犬似的姿态，我毫不迟疑地一眼就把他认出来了。

我暗自琢磨，这次见面真是个巧合。我的口袋里正揣着当天清晨出版的《费加罗》报，上面有我签署付印的有关德加和他的主要作品《十四岁的小舞女》的一篇文章，这件作品即将与几幅色粉画、素描和单板画一起展出。

我走近他，扶帽向他致意。

“非常荣幸能见到您，德加先生。倘若不妨碍您的话，我能对您说几句话吗？您好像准备离开了？”

“是的，年轻人，我准备走了……”

从盲人口中说出“年轻人”这句话让我吃惊，我不由得笑了。我再次提出我的请求，并补充道：

“我名叫乔治·朗贝尔。我是记者，负责《费加罗》报的艺术专栏。”

他叽咕了一句：

“记者……您想要我干什么？我很忙的。”

他说话还是很清晰的，不过多少带点支气管炎患者的嗓音。我向他解释说，我们不久前见过面，那是在艺术票友亨利·鲁阿尔去世后几个月，在她的作品拍卖会见面的。

“请大点声说，年轻人，”他对我说道，“这里太嘈杂，听不见。”

他又坐回自己的椅子。我发现，他除了所谓的失明而外，耳朵也不行，这对一个七十八岁的老人来说似乎也很正常。我请他允许我坐在他的对面，他挥手以示同意。我叫侍仆上饮料。他本人或许再要其他东西吗？他哈哈大笑。

“一杯牛奶对我足矣。他拿我当饭桶啦？”

我要了一杯可乐。德加咕哝道：

“朗贝尔……朗布雷西……对，我想起来了。您问我如何看毕加索。我想当时我是这样回答您的，他是能创造出优秀作品的，但他的《阿维尼翁的姑娘们》，简直是垃圾！先生，太不像话了……”

他在椅子上气得摇头晃脑。

“您考虑过我的看法吗？难道丝毫没有修正？”

“是的，先生。几乎没有什么意见。只是某些言辞有些过激罢了……”

“那好！您可以对我畅所欲言。我最喜欢说话直截了当了！说到《安达鲁西阿[1]冒失的人》，我坚持我的意见。啊，

① 西班牙南部地区，历史上纷争不断。

您不会是为了同我谈他才来找我的吧?”

“不是的，先生。我只是想告诉您我刚发表了一篇有关您和您的《小舞女》的文章。今天上午出版的，我想送您一份……”

“我会让我的管家左爱念给我听的。我只能看见一大团黑墨。”

“请多给我几分钟的时间。我希望能多了解一些给您当模特儿的那个十四岁姑娘。她似乎比您的雕塑上显得更加年轻。您还记得她的名字吗？我看到她有好几个名字。”

“我当然记得！她名叫玛丽·冯·哥泰姆。一个流浪者的名字，是吗？是您的同事们乱叫一气的，于是变成了冯·故代姆……冯·哥达姆……冯古代姆……还有我不知道的！记者不是严肃认真的人，我不是从您身上得出这个结论的，先生……朗布雷西先生。”

“朗贝尔，大师。朗-贝尔。我们的工作也不简单，您会同意吧。”

“您该知道，我不喜欢别人叫我大师！什么大师，厨师吧！驯狗大师……打钟大师……要阴谋大师？我害怕名誉和殊荣。您绝不会看见玫瑰胸章别在我的翻领纽扣上。我让位给那些自命不凡的人，只有上帝才知道他们其实是一帮等着分配荣誉的人!”

“请原谅，德加先生。我更希望多了解一些有关您的模特儿的事情，从您那里知道她的生活如何，或者生活对她如何。我很想知道她现在做什么事情，在哪儿。她如今已经成为一个看不见的名人啦。”

他眼睛上皱巴巴的眼皮落下了，摇了摇头说道：

“一无所知，我什么也说不出，理由很简单：我不知道她现在如何。嘿，也许飞啦，就像刚才落进您酒杯里的蝴蝶……”

天方夜谭！十足的谎言！我知道多年来他一直与玛丽保持联系，不过我不知道他们是什么样的关系。她曾经是他的情妇吗？苏珊·瓦拉东和其他几个他喜欢的模特儿，如艾伦·安德烈、玛丽·加沙特等人都这么说，难道这一切都是假设？

我暗忖他大概猜出我在想什么了，因为他用沙哑的嗓门大声叫道：

“我知道您在想什么，我的小朋友！您是想知道她曾是我的情妇是吗，嗯？我的名字不叫毕加索，我从不与我的模特儿睡觉。您知道这点就行啦。再说，这也与您无关！”

“我知道您洁身自爱，所以没打算深入您的内心世界。只不过这个女孩的经历很神秘，作为一个合格的记者，对她的身世我得刨根究底；也许为了写成一篇文章吧，但里面肯定也掺杂了好奇心。”

“好奇心，这是你们这些当记者的最大恶习……您大概仅仅想了解有关玛丽的种种传闻吧，小道消息让人更感兴趣。”

“您就是一个小道消息缠身的生动例子，德加先生。事实上，人们对您真实的生活又知道多少呢？少得可怜。而您的感情生活呢，可以说几乎为零。”

“这样挺好！我就是要这样。您别想有朝一日会看到我的自传。至于玛丽嘛，倘若您想在她身上发现一个女神，或是像茶花女那样的小说女主人公，您大概会失望的。这个可怜的女孩甚至很丑，是个没头脑的小姑娘，属于那些老绅士们在剧院后台追逐的小耗子一类。”

他的说法有点儿过了，我猜想里面有不实之处，因而就更加激起我的好奇心。显然，他想掩盖他与玛丽的实情，他们之间的关系就像蒙娜丽莎与达·芬奇之间的关系，蒙娜丽莎也是传闻多多。不管他本人怎么想，他再也不能抹杀画家、模特儿和他的作品三位一体的形象了，这些都已经和永远存留在世人的脑海里了。眼下，人们已经不说《十四岁的小舞女》了，而说德加的小舞女，这不是一个标志吗？

我担心再次碰壁，壮胆又提出一个问题：

“您总不会让我以为玛丽会突然消失，再不来见您了吧。她可不是一般的模特儿，您不会不同意我的说法吧？”

他耸了耸肩，嘟哝着说道：

“当然不会，朗布雷西先生！她在最后一次摆造型之后，并没有离开我的工作室；她拿到报酬之后也没消失得无影无踪。我很同情她。她太脆弱啦……瞧，就像我们周围纷纷落下的花瓣。我以后会向您多说说她的，但在这人行道的平台上，在这样的时候，真的不行。要谈只能在我的家里，您选择吧。”

他的建议真让我不知所措了。这头老狮子以不可接近、厌恶与人深交闻名于世，现在居然邀请我到他的家去，接受与我交谈，而且不是在咖啡馆里。当我把这个不可多得的特殊礼遇告诉我的同事和朋友时，他们都不相信。有些人也曾冒险提出与他会晤，都被碰得一鼻子灰。

我提出见面时间，他欣然同意了。由于他没有记事的习惯，我担心他会忘掉许多事情，这样，我酝酿的计划也就泡汤了。

有好多次，我对这位艺术家作出点评，因为他的作品让我怦然心动，有时我写的文章也很苦涩，他从来不屑对我表示感谢或愤愤不平。他会看那些提到他的艺术类报纸和杂志吗？好心的左爱在给他朗读时，是否故意跳过了几段可能会引起他恼怒的语句呢？

我的一个《费加罗》报的同事曾对一次单板画的展出进行了严厉的抨击，后来收到了一张卡片，上面只有一句当头一棒的话：“先生，您是一头驴。”

老人起身准备走了，我又犯了一个错误。我上前扶住他的胳臂帮他，他猛地一把推开我，咕哝了一句：

“您把我当成废人啦，年轻人？您还不如去关心我们的某些画家吧，他们似乎得了关节炎。不过，倘若您愿意陪我走一段，有什么不好呢？我要去街角上的那家杂货店。”

我跟着他，尽量不去搀扶他，同时又防止他踩到狗屎或是碰撞到树或行人。

他像个梦游者似的默默向前走着，几分钟后，我再次见识到一个滑稽的场面。

他先走进店铺，要一包塞他的烟斗的烟丝，在口袋里掏来掏去，费劲地在拿他的几个零用钱，同时又在叽叽咕咕地埋怨自己的眼力不济。

“可怜的人哪，”老板娘说道，“别找啦，拿去吧，下次再付吧；要不就算我送你的。”

德加仿佛受到侮辱似的挺直了身子，反唇相讥道：

“‘可怜的人’感谢您啦，太太，不过我有钱买您的烟丝！”

出门时，他还在生气，大声嚷嚷道：

“我发誓，这个卖烟的女人从没见过我，把我当成乞丐了！我像吗？居然向我施善……”

也许别人误会了，但我没说出口。

说定的那天，我按时前去约会，差点儿走岔了。

在我的记忆中，画家一直住在蒙马特尔高地下的维克多－马赛街37号。在出租车上，我突然想到他迁居至克里谢大街了，离我们首次见面的那家维克多咖啡馆不远。报纸曾为他的迁居大加渲染，这是他的生活中的一件大事。

他住在旧居将近二十年了，之前有过几次小搬家；住家附近有方形的牧场，他从未想过有朝一日会离开这里。这一天终于来到了，因为破破烂烂的老房子要拆，在原地造新的。

德加把这个亵渎神灵似的搬迁计划告诉他的画商安布瓦兹·弗拉尔，后者回答他道：

"新房会出售吗？那您买下吧，依我看，您有的是办法。"

"看您说的！"画家反驳道，"三十万法郎，这可不是一个小数目！"

"算了吧！您不是不知道，只需卖掉几件您珍藏的视如圣物的作品不就得了。您的格列柯[①]、安格尔[②]、德拉克瓦[③]、马奈[④]……都行啊！我愿意买进！您愿意与我做一笔交易吗？"

德加把手向天上指指。让他出售他本人的作品——如他所说的他生产的东西，以及他酷爱的画家的作品，简直荒唐透顶。

"决不，您这个恶棍！您明白吗，决不！除非剥我的皮，挖我的心。"

---

① 格列柯（1540－1614），原籍希腊的西班牙画家。

② 安格尔（1780－1867），法国画家。

③ 德拉克瓦（1798－1863），法国画家。

④ 马奈（1832－1883），法国画家。

"那好吧，"画商叹口气说道，"悉听尊便；不过我得告诉您，在您这个年纪，让您的画室搬家同样剥您的皮，挖您的心。"

德加把他的烦恼说给苏珊·瓦拉东听，她是他的朋友，是雕刻家保尔·巴尔多罗美介绍给他的。巴尔多罗美对同行的判断力很强，对初出茅庐的苏珊的绘画才能颇为欣赏，经常鼓励她。她是否像某些人说的那样做过德加的模特儿呢？又是一个小小的谜团，画家故意秘而不宣。很有可能他只是抓住苏珊瞬间的姿态、肩膀或是手臂的曲线，或是臀部的线条即兴作画的。

苏珊去画家工作室的次数相当频繁，人们很难断定是他们友情至深呢，还是她是他的红颜知己。

德加喜欢叫苏珊另一个小名"可怕的玛丽亚"，玛丽亚看见画家的管家左爱送来的一张纸条，得知画家十分沮丧，匆忙赶到，看见他哭丧着脸说道：

"啊，玛丽亚……在我这个年纪搬家……简直等于放弃绘画，甚至生命。这个住所我住惯了，还有我的工作室和我住的街区。搬家，搬到哪儿呢？我总不见得去蒙马特尔所有门房那里一个个打听，找一个新的栖身之地吧。"

玛丽亚点燃了一支烟，站在面临圣心教堂的窗沿前，思索了几分钟，对他说道：

“让我去办吧，埃德加。几天之内，我会找到适合您的住所的。”

一星期后，她向他宣布她的勘察结果了。

“您不会离开这个街区的，既然您如此喜欢嘛。克里谢大街六号，行吗？那里的七楼有一套住房空着，不过没有电梯，上帝保佑，您的腿脚还是很灵便的。倘若您需要模特儿，比加勒广场[①]就在街头。您的决定别拖太久了，这件事值得去做。”

倘若说搬家的决定是即兴的，那么搬家简直就是惊天动地的大事了。除了苏珊，德加把他的一帮朋友都召来了。保尔·巴尔多罗美，玛尔斯兰·戴斯布丹，以及其他几位；不过，老人动不动就发脾气，又固执任性，再加上这次搬家也确实事关重大，其中大部分人都表示爱莫能助：这不等于为卢浮宫的收藏挪地方吗……

适应新的住所对德加来说几乎也是同样艰难的考验。在一切从新开始的混乱之中，他简直像是扮演了幽灵的角色。没有苏珊和左爱的帮助，对画家的这次考验肯定以失败而告终。在最初的几个星期，他在工作室里感到浑身无力，而在日常生活中又郁郁不乐。彩色画笔似乎在烧他的手指，粘土不是硬了就是软了，单板画的油墨干得太快……他的艺术创作似乎糟糕透顶，他觉得他活着也就失去了意义。

---

① 巴黎著名的红灯区。

德加的女管家左爱·克瓦基埃原是小学教师，是她给我开的门。首先引起我的注意的是，德加的工作室凌乱不堪。他在里面无疑像生活在大海上漂游的沉船上的遇难者。

“先生的状况不是很好，”左爱对我说道，“请您说得简短些吧，特别注意别激怒他。他真有可能把您撵出门的。他的眼睛愈来愈令人担心。有时，他能成小时，甚至成天什么也看不见。”

左爱读过我的文章，并且介绍给她的主人了。她说，他听了只是点点头，表示能接受。我开始询问他的工作。

“他来日无多了。他目力所及时，就画大幅木炭画，雕塑马和舞蹈女演员，还要画单板画，而拍照又成了他新的嗜好……他在泥塑时，只能看见自己的手指。说到他的脾性……啊，先生，我就不说了……他如继续苛求我，我想我看来要打退堂鼓了。”

她知道我这次造访的目的吗？显然她知道。

“我想，让他对您谈谈他的过去对他有好处。玛丽·冯·哥泰姆，就是这个肮脏的小姑娘在他的生活中太重要啦，他是不会忘掉她的。”

“我觉得您对小姑娘可不客气。她给画家搞鬼吗？”

“她的作风可不好——卖淫，先生。放浪形骸，嫖客多多的……请原谅我不再多说了。先生在等您呢。”

德加在他的办公室里。

窗帘拉上了，整个大房间沉浸在潮湿阴暗的氛围之中，散发出油画、苯胺墨汁、烟草和旧布料的混合气味。房间的最里端有一张沙发椅，上面堆满了垫枕和披巾，沙发旁边有一个小玻璃柜，里面放着激动人心的、穿着短裙的小舞女的雕塑，就像一尊印第安木乃伊。周围一片混乱，使人联想到被战争与抢劫扫荡过的教堂。

左爱说我到了，德加只是向我掉转头，用手杖指了指沙发旁的一张凳子，他本人则穿着工作服半卧在沙发上。

他不愠不火地埋怨我迟到了一刻钟，显然他在夸大其词。我借口说这个时候人多，马车、出租车都不好找，他又带着疑惑的神情莞尔一笑。

“你们这些记者，都有各种借口解释自己为什么迟到的。”

他事前并没想到这次会晤将要延续好几天，便直截了当地问我对这个玛丽·冯·哥泰姆为什么感兴趣，说这个女孩已经慢慢地淡出他的生活和他的记忆了；他问我究竟想怎样。我说我早就思考过了，并且一心想把这个故事写成一部小说。他听了大吃一惊。

“见鬼了！写一部小说？这个计划太大了。您写过小说吗？”

“写过一点儿……不断退稿，但还有希望。我希望这个题材能获得成功。听天由命吧。成功与否全在于您了。”

他嘶哑地笑出声，接着又消失在一阵咳嗽之中。我只感到脊背骨发冷。他在手绢里咳出了痰，仔细瞧了瞧，喊道：

“左爱，拿药剂来!”

接着他又说道：

“朗布雷西先生，我担心您的希望要落空。我与玛丽相识要追溯到将近三十年前。也就是说，我保存的记忆已经模糊不清了。也许翻翻我的记事本，我能回忆起来。我还有几份资料，当时的有关文章，她在歌剧院毕业证书的复印件，她的母亲及她的妹妹夏洛特的几张纸条……总之翻找这些东西可不是一件小事，左爱愿意的话得帮我的忙，不过按她的脾气，我不能肯定。”

“我能帮助您的话……”

他请我为他递上烟斗、烟丝和留在单板画桌旁的火柴，又说道：

“下次您再来，请带些糕点给左爱，最好是兑罗姆酒的水果蛋糕，这是她喜欢的糕点。好啦，现在我听您的。”

我问他他与玛丽是如何第一次见面的。我本以为他的回答会躲躲闪闪，或是显得很不乐意，然而大大出乎意料，我似乎打开了他记忆的闸门。

这个人一向被世人认为沉默寡言，对自己的私生活守口如瓶；使我惊讶不已的是，眼下他居然抽着烟斗，准备向我打开通往他过去的大门了。他的记忆力衰退了？加上他目力不济，是否都是一个借口呢？这是有可能的。他似乎幻化成春天明净的晨雾出现在我眼前，是我不明就里。

我把记事本放在膝上，全神贯注地记录下他的每一句话，尽量不去中断他的思路。

“您大概还记得吧，”他对我说道，“我为大剧院画的幕景旁边总能看见一些神秘人物，这些隐约可见的黑影，就是芭蕾女演员暗中的保护人；他们是喜欢吃新鲜肉的鹰隼，是掠夺者。唉，我的朋友，倘若您常去当时大剧院的排练现场，也许会发现我就是他们其中的一员。只有一个区别，很大的区别，那就是我无意让这些可怜的女孩误入歧途。我只是需要形象，您也猜得出吧……”

这次谈话过后，我觉得我的计划很快就有了成果。我的谈话对象让我看见了他的人生轨迹，它与玛丽的人生轨迹交汇过；当时，这个女孩被拴在所谓造就未来芭蕾女星的排练厅的鸟笼里了。

“我想过了，”我告辞时他对我说道，“倘若有一个人可以为您提供玛丽的生活状况的话，那就是她的妹妹夏洛特了；她是与玛丽一起出道的，但没有走弯路。现在，她是大剧院的舞蹈教师，始终从事这一行。”

接着他又补充道：

“行啦，您该走了。我谈累了。不过以后您想再问什么就请便吧。我仍然怀疑您是否能达到目的，不过我会尽我所能的。但愿您能坚持，并祝您好运，朗布雷西先生。”

出门前，我在独角小圆桌上悄悄放了一盒烟丝。

2. 巨大的鸟笼

为了得到官方签发的、授权艺术家埃德加·德加先生能出入幕后，参与排练及六月、十二月的两次选拔，他得等多长时间，走多少门路，拿到多少友人的推荐信，找多少关系啊！

这份文件是由大剧院院长福考尔贝先生签署的，来得正及时，满足了画家新的欲望，取代了他对赛马场、骏马、骑马师和漂亮的过磅女人的兴趣。他即将在剧院的幕后探求体形、姿态、色彩和与他的内心情感相应的审美情趣。他一眼就能感受到马与女舞蹈演员之间的强烈反差。

当时大剧院地处勒贝勒迪埃街，帮助他打开剧院大门，使他发现剧院人体杰作的人并非是在这座舞蹈殿堂守夜的“女祭司”，而是院长福考尔贝先生的行政顾问，芭蕾教师路易·梅兰特先生，他掌有权杖，一手操作。

其时是1880年初。大剧院后来迁址至建筑师夏尔·加尔尼埃[①]建造的艺术宫殿里，这也是最后一次。

首次建院要追溯到1671年。当时它有一出田园牧歌式的保留节目，因一场真正的大火而告终。于是搬迁到圣－奥诺雷街，后来再次发生火灾，被迫再次搬迁，其原因与前一次同样毋庸置疑。

后来，这个剧院背着沉重的十字架，又迁移过几次，从贝尔热尔街搬到勒贝勒迪埃街。

政府在经历了1870年的失败[②]和巴黎公社之后，尽管遭受战争的摧残和兵燹，还是决定着手建设一个无愧于首都盛名的大剧院。倘若不是官方的介入，剧院的迁徙生涯可能将延续许久，最终会变成江湖上的流动剧场了。

就是在勒贝勒迪埃街大剧院的舞厅，埃德加·德加将与玛丽·冯·哥泰姆相遇。

当时，画家还在等待友人相助以获得授权，在剧院有一个包间，这是看芭蕾和乐队演出的绝佳观察点，他曾为演出者画过几幅画。他能近距离地看到排练厅和舞厅，因此有条件为他的画室招募为他造型的模特儿，每四小时六个法郎，这笔钱过后都装进了母亲们的腰包。

这里有一个插曲，差点给他带来了麻烦。一天早晨，他家

---

① 加尔尼埃（1825－1898），法国建筑师。他的杰作便是巴黎大剧院。

② 指1870年普法战争，以法国失败而告终。

的大门被敲得震天响。他开门一看，迎面站着两个警官，他们前来询问一些姑娘和成年女性经常出入他家是怎么回事。原来他的邻居已经向治安警察告发了。警察来是为了查看现场，立案起诉的。德加请他们进门，说明原委，澄清了此事。

埃德加·德加在大剧院登堂入室还有他的老熟人，最好的朋友路德维希·哈雷维[①]做伴。

这个花花公子戴着大礼帽，单片眼镜，蓄着庄重的大胡子和蜷曲的小胡子，与德加的年龄相差几个月，在另一个领域却是个大名鼎鼎的人物。他与亨利·梅拉克[②]像孪生兄弟，合作创作了奥芬巴赫[③]原创的许多剧本。他俩签署了改编作曲家乔治·比才[④]的歌剧《卡门》的合同，这个传统保留节目，将世世代代在全世界巡回演出，他们也就名垂青史了。

哈雷维是勒贝勒迪埃街舞台的常客，他创作的小说《红衣主教一家》在当时激起公众愤怒，传为丑闻。与左拉的自然主义手法大相径庭，他在书中以现实主义手法叙述了上流社会的小姐、歌剧院女芭蕾演员是如何受她们贪欲的母亲诱惑，走上卖淫之路的。

---

① 路德维希·哈雷维（1834 - 1908），法国作家。与梅拉克合作创作了一些颇具影响的剧本和歌剧。

② 亨利·梅拉克（1831 - 1879），法国著名剧作家。

③ 奥芬巴赫（1819 - 1880），作曲家，原籍德国。代表作有《美丽的海伦》、《巴黎生活》等。

④ 乔治·比才（1838 - 1875），法国作曲家。代表作是《卡门》，中译本又译《卡尔曼》。

新手要起步别无他法。

“请睁大眼睛，”哈雷维对德加说道，“您将看见的场景比晚会的氛围差多了，但景色优美。您是酷爱大自然的，尤其酷爱女人的自然形态，您将得到极大的满足。”

他俩走过了一架架梯子，穿越了一条条阴暗、散发出浊气的走道，来到了舞厅，房间里空落落的，从窗玻璃外透进了一缕阳光。由于整幢房子破破烂烂，天花板很不平整，墙上和隔板产生裂缝，隔板上的画也开裂了，正面的墙上没有支撑柱，这一切使人联想到市民结婚租用的舞厅或是接待厅。一架竖式钢琴被孤零零地放在角落里，陶瓷壁炉上放着枝形烛盘，有几排为母亲们准备的几张小木凳和几把椅子，一架直梯通往女演员的化妆间，这些构成了屋里的全部家具；这空空如也的大房子里弥漫着一股夹着汗味和煤炭味的温温的气息。

“演出时光线很不理想，”哈雷维说道，“但练习或是排练正合适，因为什么东西都一目了然；舞台上的幻觉，在这里都是真实的。”

十点钟排练开始，他们早到了几分钟。从楼道那儿传来一阵絮叨声，姑娘们正在准备她们的行头：紧身舞服、软底鞋、无吊带胸罩、衬裙和饰带。

《贝列里一家》　　1858–1867　油画

《赛马场上的四轮马车》 1869 油画

脸色阴沉、脾气急躁的小个子，芭蕾舞教师梅兰特先生一声令下，楼道那边立即响起了叫声、笑声和快乐的喧哗声，把楼梯都震动了。阴沉沉的大厅旋而变成了色彩绚丽、彩带飘扬、鲜花盛开的花园。

哈雷维刚才所说的“景色”开始展现，德加喜不自胜。

哈雷维惊讶画家为何没先做素描，德加回答道：

“没有用，我记得住。我的记忆不会错的。我在画室画芭蕾和乐队的油画完全不用在现场做笔记或是打草稿。”

“算了吧！我知道您的想象力丰富，可我怀疑您能做到这一点。”

“确实不可思议。有时，我自己也迷惑不解。待会儿您就能得到证实。”

母亲们扔下她们手中的织品或报纸，倏地都从凳子上站起，奔向她们的孩子，摆正孩子身上的饰带或胸罩，系紧她们舞鞋上的鞋带，仿佛这些女孩即将参加婚礼，或是参加动物大赛似的。

“您看见了吧，”哈雷维说道，“其中有些做母亲的就是我的小说里的原型，对她们的孩子十分尽心尽责。她们心里有两个愿望：首先是希望她们的女儿成为未来的舞星；其次是要引起某个庇护人的注意。”

他用手杖指着进口处又说道：

“刚刚进来的这些先生们，嘴里抽着烟斗，才不在乎那些女孩扶着栏杆做独舞练习呢；他们感兴趣的是在市场上寻找合适的‘商品’——请原谅我的措辞，以给他们单调的夫妇生活添加些色彩。哦，这些女孩也将从跳芭蕾的群体中走进密室……在福考尔贝先生和他的同事们的祝福中……”

他把一只手放在德加的肩上，嘴角露出微笑，又补充说道：

“亲爱的，倘若您有兴趣……这些女孩也有十四岁了，其中有的人已长大成熟。她们像在温室里培育的花朵，在长沙发上已小试风情，做情妇挺合适。”

“您在开玩笑吧？竟然建议我……”

“您是明白的，当然是开玩笑啦；我知道您不属于那种属于动物性的人，我在《红衣主教一家》中多少介绍了一些这些人的所作所为。我是您的朋友，我想，您来这些地方的动机肯定没那么粗俗。”

这些女孩简单的穿着没能隐藏住她们尚在青春发育期的胴体。她们在罗莱特圣母院[①]一带长大，严重缺乏营养，那里的妓院比学校和教堂多；透过无吊带胸罩、紧身衣和短裙，仍然可以隐约看出她们瘦弱的身架骨。

她们分散在大厅改建的鸟笼似的大房间里，在老妈的呵

① 巴黎的一个贫困街区。

护与打扮下，有的重整服装，有的跳跳蹦蹦，有的旋转舞姿，叽叽喳喳，嬉戏玩闹。

梅兰特先生用棍子敲打地板，示意玩闹的时间到了；这时，一个身材肥胖、戴着眼镜、袖口饰着花边的女人坐到钢琴前，于是妈妈们便回到自己的座位。

练习持续了两个小时，德加一直坐在原位，像着了迷似的，一声不吭。他那无情的目光记录下这些“蜻蜓”的动作变化，她们在训练前大声喧闹，现在却好像与世隔绝了，全身心地投入到舞蹈之中。

“您都想象不到这些可怜的女孩要经受多大的痛苦。您瞧：她们看似化羽仙子，其实那一跃就是严峻的考验。譬如脚尖……啊！脚尖……真正的酷刑，堪与中国女人缠小脚相比。您看她们此刻在练习或演出时仿佛变了一个人似的，但最后总有几个倒下，不过很少有人会自愿放弃的，因为这是进入芭蕾剧团成为明星必须付出的代价。

训练课结束，接下便是梅兰特先生的点评：

“莱奥尼·普兰斯，您大概昨晚没睡好吧，太没劲了，信心不足；阿黛勒·加尔邦迪艾，您混淆了脚尖和半脚尖的区别，回到家再练……苏珊·贝鲁，您的身体硬得像个木桩。您呢，玛丽·冯·哥泰姆，您以为在参加舞会吗？您在用身体跳，而没用心跳……”

穿着黑礼服的大人先生们登台的时候到了。他们带着芭蕾舞票友的神态走进舞厅，内心隐藏着他们真正的动机：首先哄骗做母亲的，然后再与她们谈交易。

“嘿！首次接触感想如何？”哈雷维问道。

“太迷人了……”德加答道，“他们会看见我再来这个大厅和剧院后台的。”

德加回想起来了，他曾经让其中的几个小姐在他的工作室摆过造型，那是她们的母亲在罗莱特圣母院或是蒙马特高地的酒吧里向艺术家们推荐的，譬如普兰斯姐妹，小格兰治，她们几乎都已长大成人了……

“我承认对那个正在接受母亲按摩双脚的小家伙特别感兴趣，”他说道，“这个黑发棕肤的小姑娘似乎与其他的同行姐妹不一样，别具特色。我觉得梅兰特对她过于苛求了，也许她在蹦跳和转圈时过于用力了吧；不知为什么她很吸引我。您怎么看？”

“您说的是玛丽·冯·哥泰姆吗？天哪，我倒觉得她不成熟，笨拙得很。她跨步有些勉强。也许她是个好苗子吧，但成熟尚需时日。”

“您看她有多大？”

“十四岁吧，但太瘦的缘故，看上去只有十二岁。您不会想……”

“不会想让她做我的模特儿吗？哈！恰恰相反。我就是喜欢她的不成熟和力度。”

“站在她与她母亲中间的是她的姐姐，您是否更感兴趣呢？这是一株好苗子，但在我看来太高大了。左面，身材最矮小的是她的妹妹夏洛特，梅兰特认为她是姐妹三人之中最有天赋的，但还太嫩。”

“别把这些可怜的孩子比作蔬菜水果什么的；您对这个圈子很熟悉，我该怎么做呢？”

“我这就来帮您。冯·哥泰姆太太是寡妇，职业是洗衣女工。也就是说这家人不富裕。但也有来钱的地方，她让老大安托瓦内特卖淫，而且不仅仅为那些戴着高帽和单边眼镜的资助人提供性服务；我担心两个小的到了她的年龄也会走这条路。这个悍妇……完全没有道德与传统的约束！”

这个做母亲的长着一张弗拉芒特人扁平的脸，酒糟鼻，举止活像罗马悍妇，粗俗不堪；可以想象，她对她的女儿是否有艺术天分并不太放在心上。

很快介绍完毕，接着便是开条件。

冯·哥泰姆太太是来谈交易的，而不是欣赏她的女儿在舞蹈上的长进的。她不再为玛丽做脚按摩，在为其他两个女儿做按摩之前，先直起身子，做了个鬼脸，双手插在腰上。她向两个“订货人”偷偷看了一眼。那个戴单边眼镜的大胡子——哈雷维先生是常客；至于另一个，四十岁左右，穿着时尚，蓄着短短的胡须，神色庄严，她从未见过。

“太太，”哈雷维说道，“我的朋友是知名艺术家，他对您的一个女儿感兴趣，希望……”

“您的朋友很有眼力，哈雷维先生，安托瓦内特可以配得上王子，何况……”

“我们不是说安托瓦内特，太太，而是玛丽。”

“您在开玩笑吧？她刚满十四岁……依我看，安托瓦内特更合适，已经是成熟女人……”

“您误会了，”德加接口说道，“我只希望您把玛丽委托给我，在我的工作室里做人体造型，我毫无作践她的意思。”

“那么，德加先生，这是另一码事了。说白了，您希望让这个小姑娘做您的模特儿吧？她那么瘦，我不懂您是怎么想的；不过，您如觉得合适，对她好些……总之，每个人的口味不一样嘛。”

她估计这个赚头来得快，便急不可待地开价：一次四小时，每次八个法郎。德加反驳道，职业模特儿也不过六个法郎。她同意让步，提出让她的三个女儿一起做，共要十五个法郎。公道吧，是吗？德加拒绝了。他只要玛丽一个人。

“您该满足了，太太。您的女儿的报酬与其他模特儿一样，而她没有经验，很可能会使我失望的。再说，她的身体似乎也不太好。”

做母亲的倨傲地说道：

“先生，我是寡妇，洗衣服，工资少得可怜；但是，我可以向您肯定，这几个小家伙什么也不缺，没有缺点，没有病。您碰碰看吧！多结实啊，都是肌肉，没有一点点肥的。”

她提起玛丽的胳臂，让她起身，对她说道：

“你应该对德加先生表示敬意，我的美人儿！他是个了不起的艺术家，要为你画像。算你走运，还不快谢他。”

小女孩说声谢谢，但不看“了不起的艺术家”一眼，也不笑一笑。

“算你走运！”安托瓦内特冲着她说道，“我就没这个福气。您比较一下吧，先生，心平气和地比比，我与我的妹妹哪个好……”

“住嘴，”母亲气恼地说道，“别人没点你啊！请原谅，德加先生，她有时很不礼貌。”

显然，安托瓦内特与玛丽相比就好像玫瑰与芦笋的区别。前者的身体犹如鲜花怒放，肤色略深，双肩更结实……看她的脸庞，就会想到诗人所形容的“桀骜不驯”。深褐色的光溜溜的厚发披散在她的脸上，仿佛雨打过似的显得很生动。安托瓦内特整个儿散发出诱人的魅力，而玛丽以后才会成为那个样子；两者相比，就好比有生命的奈费尔提蒂[①]与无生命的木乃伊。

而德加早已选定了“木乃伊”。

① 奈费尔提蒂（公元前14世纪），埃及王后。以胸像浮雕而闻名。

3.《狗》和其他歌曲……

走出勒贝勒迪埃街，路德维希·哈雷维和德加都一时无事，决定在布雷达街的迪诺肖小饭店共用午餐。

“我请您。这家饭店虽没有银塔饭店和维富尔饭店那么气派，但菜实惠，酒也上佳。我常来。”

这天，在饭馆里用餐的马车夫比有产者还多。哈雷维吻了吻老板娘的手，要了一张离马车夫较远的桌子，因为这些人说话嗓门太粗太高了。他走到餐厅里面向他熟悉的人一一致礼，他们之中有摄影师纳达尔[①]，大胖子诗人加杜勒·孟戴斯[②]，年轻画家、雕刻家让-路易·弗兰[③]。

他俩点了芦笋焖鹅、肉冻和该店特色菜水果冰淇淋，外加一瓶夏布利产陈年白葡萄酒。

哈雷维直截了当地问他的朋友，他经济拮据到什么地步。

“倘若有什么困难，别客气。”

---

① 纳达尔（1820-1910），法国摄影师、作家，专为名人摄影。

② 加杜勒·孟戴斯（1841-1909），法国作家。他的诗作从巴纳斯的美学中获取灵感。

③ 让-路易·弗兰（1852-1931），法国画家、雕刻家。他的作品的风格与德加、莫奈相似。

“谢谢。不过最困难的时期过去了。我损失了一大笔钱；现在，靠卖画，宽裕些了。”

“您竟然愿意出卖您的作品了，早该如此嘛，总不能喝西北风吧。”

“每次我看见我的一张色粉画离我而去，就感到撕心裂肺。您是知道的，我有一个优点，这就是完美主义，但走极端就变成了缺点。在我看来，一件作品，不管如何，永远不会达到完美的极致。我会不断加以修改。我甚至有时会向买我的作品的人再要回几件作品重新润色。他们交给我不放心，因为有时我会长时间保存，甚至忘记归还给他们了。我对我的作品总有一种依恋，为此没少吵架，您想象得出！”

德加的经济窘迫自他在路易斯安那种棉花的弟弟芮内破产后就开始了。

为了免使弟弟彻底垮掉，画家奉献了自己的财产。他在福若肖街上不是有一个小公馆吗？卖掉了。几张体现骏马奔驰的油画，他原本想自己永远收藏的，也忍痛割爱了。他不得不过起节衣缩食的生活，不再到大饭店用餐，只能吃十八个苏的面糊或是六个苏的一把烤栗子；他出门不再去酒吧，可那里的场面正是他创作色粉画的灵感的源泉啊。他在风月场所绝迹，甚至差一点辞退他的女仆萨比娜；萨比娜是个漂亮的姑娘，画家本想节省开支，利用她顶一个模特儿，但她拒绝赤身裸体在先生面前亮相……

“您呢，亲爱的路德维希，”德加边吃肉冻边说道，“您似乎日子过得挺滋润的。您的《红衣主教一家》卖得火极了，您的书简直就是一座金矿！”

龚古尔先生在他的日记里称之为“可怜的哈雷维”，或是用意大利语称之为“体弱多病的人”，据说在以色列人的圈子里是巴黎的阔佬之一。他的小说和小册子收入甚丰，还不算上他家的遗产和在议会做编辑工作的工资。可以毫不夸张地说，他已成了一个富翁。

他对德加和其他几个艺术家之所以感兴趣，是因为他对艺术，特别是对绘画情有独钟。他在他的杜埃街的公馆，以及在他的圣-日耳曼和迪埃普街的几处豪华的居所接待艺术精英，其中交往至深的是古斯塔夫·莫罗[①]、艾杜阿·马奈、贝尔希·莫里索[②]和德加。

“怪了，”他喝着白葡萄酒说道，“怪了，我们方才会见的那个拉皮条的女人和她的女儿……让我想起了《红衣主教一家》里的人物和他们的境遇。这个冯·哥泰姆太太便是我从小说搬上舞台的道德沦丧、野心勃勃的小市民的生动写照。这两个女人都有一个心事，就是如何把女儿卖出最高价。对这个女人留点儿神，我的朋友，上帝才知道她会把您拖到什么样的死胡同里。”

---

① 古斯塔夫·莫罗（1826-1898），法国著名画家。
② 贝尔希·莫里索（1841-1895），法国印象派女画家。

“多余的担心。您是了解我的，把我拖下水的女人还没有生出来呢。女人，她们的伎俩及多变的性格，我早就领教过了。您好像还不相信。”

“为了不使您生气，我可以相信。您刚才向我提出了一个严肃的问题，而且不仅仅对我，您知道吗？在我们所有的朋友之中，您是唯一一个不会发生婚外情或有结婚打算的人。在您所有的模特儿之中，没有一个敢于自吹做过您的情妇的。您得承认，这里面就有问题。”

德加沉下了脸。他像往常那样，在思考时就用手心摸胡子。倘若这次不是哈雷维，而是其他人向他冒昧地表示好奇，一定会自讨没趣的。强迫对方说出心里话，就等于侵犯隐私。也有人比哈雷维更不谨慎，曾尝试过一回，被狠狠地顶了回去。雷诺瓦说过：“德加叽里咕噜……德加非常反感……”他似乎总是在维系家族的荣誉、家族纹章——豪猪的美好形象。

马奈曾向他的表妹贝尔希·莫里索私下说过：“德加不可能爱上任何一个女人，也不会对任何一个女人表白爱情，他什么也不会做。”德加得知马奈的这番议论之后，差一点儿与这个印象派狂飙时期的旗手闹翻了。关他什么屁事？他本人的私生活，他又知道多少？

“请允许我再说几句，”哈雷维接着说道，“您得承认，您的作风与您的职业很不协调。女人是您的重要主题。几乎您所有的作品中，不管表现形式如何，都有女人的形象。您决不会像您尊重的柯罗[1]那样画户外的风景；风景是无生命的自然，几乎在您的作品中没有出现过。可是女人……”

“我永远不会像塞尚[2]和高更[3]那样在大自然中作画。您知道，日光使我很不适应。”

“然而您一连好几个月会经常光顾跑马场……”

“我喜欢马和骑手，但如要把一匹马放在我的画室里，您想有多麻烦……”

“您从路易斯安那州回来，带回过一张长沼[4]和密西西比的风景画吗？没有！只有一幅杰作：《新奥尔良的棉花事务所》。我非常失望，并非只有我一个人提出了疑问：为什么没有一张像杜阿尼埃·卢梭[5]杜撰的风景画中的人物，如赤身裸体的女黑人或混血儿的画像呢？”

“我不能让您误解，我确实对女人有兴趣，自己也说不清原因何在。我确实也看见了女黑人、黑白混血小姑娘和四分之一血统的混血儿[6]，她们都值得在卢浮宫展出。”

“回到法国，您投身于酒吧、妓院、色情场所，在那里描绘戏谑者、女醉鬼、娼妓、洗衣女工，一个个与美学价值毫无

---

① 柯罗（1796－1875），法国风景画家，为印象派风景画家们开辟了一条道路，对后来而上的莫奈影响很大。

② 塞尚（1839－1906），法国画家，被公认为是近代艺术的先驱者。

③ 高更（1848－1903），法国画家。开始是印象派画家，并加以革新发展，对后来的野兽派画家产生很大影响。

④ 指沼泽地静止或缓慢的水流，这是路易斯安那州和密西西比河三角洲的一大特色。

⑤ 杜阿尼埃·卢梭（1844－1910），法国画家，以诗意画闻名。

⑥ 特指有四分之三的白种人血统、四分之一黑人或印第安人血统的混血儿。

关联的人物！您在女人身上要找的并非是完美！相反，您把所有这些令我们反感的东西都亮出来了。在文学领域，您更接近左拉而非皮埃尔·路易斯[1]。您本人也意识到了，因为您曾对我们的一个朋友说过，您喜爱画女人在化妆间的情景，‘好比动物彼此在舔。’我们的猜疑是，您曾有过几次失恋，或是女人曾引起您强烈的反感，您在对她们实施报复呢。”

德加嘴唇紧闭，耷拉着眼皮，像在洗冷水澡似的，纹丝不动。他呷了一口葡萄酒，抖抖索索地点燃了一支小雪茄，干咳了一声，反驳道：

“最近我在给一位朋友写的一封信上说，艺术不是加法，而是减法；要结出好的果实，就得贴墙栽树。不，我不是描绘大自然的画家，不像安格尔[2]或热罗姆[3]……不，我对鲜花不感兴趣，闻了会打喷嚏……只有真实才让我动心；只有真实的存在，我才真实地记录下来，在什么地方都无所谓。”

在品尝水果冰淇淋之前，他猛抽了几口雪茄。

“我对您强迫我说出心里话很反感，”他说道，“不过我既然迈出了第一步，就得走下去。我在二十岁时热恋了。我爱的不是侍女或是吧女，而是一个著名的女演员：里斯托里。”

“什么，这个胖姑娘？”

---

① 皮埃尔·路易斯（1870－1925），法国作家。擅长散文诗和古代风俗小说。
② 安格尔（1780－1867），法国著名画家，擅长画上流社会肖像画。
③ 热罗姆（1824－1904），法国画家。作品画法极为夸张。

“她的腰身是粗，但当您看见和听见她演绎高乃依的《梅黛》[1]，您就会改变看法了。一天晚上，我观看了四场演出之后，鼓足勇气到她的包厢里去献花。在敲门的一刻，我放弃了，把花送给了一个女配角。”

“我们都曾经爱上过一个明星，埃德加。我也是，十六岁时……在您的生活中有过其他女人吗？”

“我有过希望，受到的挫折就更多了。玛丽·迪奥和埃莱娜·福尔考斯卡都吸引过我，但那是一时之兴。反之，我与芭蕾舞团的小姐们，卡隆姐妹、萨尔、萨朗维尔都有过一段关系，差点儿让我失去理智。我承认，我曾深爱过为我做模特儿的爱伦·安德烈。所有这些女人，我接触过她们，与她们靠得很近，但不敢向她们表露，其实只需一个手势，一句话……”

“您不用犹豫！女人很少采取主动的。然而，当她们意识到自身的魅力，以及我们在克制时，事情就方便多了，我们也就不会因失去机会而耿耿于怀了。”

德加向哈雷维说道，他曾被女画家贝特·莫里索征服过。一天晚上，在莫奈家用完晚餐后，他建议莫里索到吸烟室的一个角落去，对她说：“我们在沙发上坐下，我要向您求爱。”她并没有显得受到侵犯，也没有感到吃惊，只是觉得好玩。他抓住她的手，接下的半小时……

---

① 高乃依（1606－1684），法国著名古典戏剧家。代表作有《熙德》、《贺拉斯》等。梅黛是传说中的女巫，被情人抛弃后，掐死了自己的孩子。她的故事被几个戏剧大家改编成悲剧。

“我真不好意思向您承认，路德维希，在这半小时之间，我对她关于沙罗门[1]的谚语做了一个独白，那还是我在几个小时前听到的：‘女人毁灭了正义’。她以为我在嘲笑她。我们差点儿闹翻了。”

他又三言两语讲述了在梭姆海湾[2]度假时，与诺曼底的一个画家的女儿、布丹[3]的弟子路易·布拉卡法勒的一段恋情。她的小名叫露露，刚成年，但已经意识到自己对家里这位尊贵的朋友所具的魅力。德加也很高兴为她作画，画面上是一个女孩在巉岩上跳舞，海鸥在周围翱翔。

他俩在巴黎布拉卡瓦尔家的一次晚餐上重新聚首。德加同意出席，但条件是她得让她那可怕的小狗远离餐桌。由于疏忽，大门开着，几条狗已经进入餐厅。其中一条跳到德加的膝上，舔他的盘子里，甚至他的胡子上的奶油，另一条则撕咬他的裤子，他像大理石似的一动不动，但已打定主意，不会再到这里来了。

“在吃饭时，有两件事我最讨厌，”他说道，“一是狗，你们是知道的；二是桌上放花。”

他说道，一天晚上，他受邀去弗兰家吃饭，弗兰忙不迭为他介绍他夫人的表妹。这个年轻女人有一个癖好：酷爱花。她

---

① 公元前970年至931年为以色列国王。

② 法国庇卡底省的一条河流，汇入英吉利海峡。

③ 欧也纳·布丹（1824－1898），法国画家，印象画派的先驱。

在餐桌中间放上一大束鲜花，说是在玛埃达·马斯娜花店配齐的。德加丝毫不为所动，把花放在房间里端的独角小圆桌上。几分钟后，大家就位，德加发现鲜花又回到餐桌中间。

德加再不愿落座，冷冷地说了一句，他要走了。众人大声喊叫，是身体不适吗？临时有约会？德加看见那个表妹的眼睛里饱含惊讶与委屈的泪水，还是留了下来，不过整顿饭气呼呼的。他放弃了这段刚萌芽就夭折的罗曼史，无怨无悔。

“这倒是真的，”哈雷维忍不住要笑，慌忙用餐巾掩饰说道，“在您的作品中确实不大看见鲜花。您这个怪癖如何形成的？”

“您先说说您为何厌恶香提利奶酪，我再回答您。”

“我想您即便不喜欢鲜花，也不能成为放弃一门婚事的理由吧？”

“可以这么说。这个表妹还有一个毛病：她有斜视。”

他俩喝完了白葡萄酒，哈雷维要结账。

“您请客，我很感谢。”德加说道，“既然我欠了您的情，那么请允许我过一次夜生活吧。请放心，我不会把您带到死鼠酒吧，烈士或灰鹦鹉酒吧的。我知道您很不适应这些色情场所。跟我去鱼市大街的阿尔加扎尔宫[①]喝一晚香槟吧。您去

① 摩尔人王宫的统称，部分毁于1936年。

过那里吗?”

“我只是在您画的色粉画中想象那里的情景，那些画是我所见过的最美的。戴雷萨的肖像留给我很深的印象。据说，这个胖乎乎、爱开玩笑的女人很有才华，还有一张嘴，一张嘴……”

“一张大嘴，没错。从这张大嘴里唱出来的优美的歌曲，有时带点儿淫秽。几首曲名便会让您想入非非:《有胡子的女人》、《鼻子让我痒痒的》、《阿曼达的情人》……最有名的便是那首《狗的歌》了……”

“请原谅,您一个人去吧。再说,我得到莫奈家去吃夜宵……”

他起身时又补充了一句:

“我承认，我不能理解那个街头女歌手有什么地方吸引您。粗俗不堪、花里胡哨……您莫不是爱上她了吧?”

“省省心吧。我看中的，是她年轻、自然、性格好。还有那张嘴……哦，她的嘴，路德维希……她的嘴里能发出各种音调，您会惊讶不已的。她什么都能唱，一切的一切！这个女人不仅有才华，而且有心灵，有味道。她是平头百姓，一切自然天成，从而征服了她的听众。今天晚上，我将在她唱《狗的歌》时把她画上去……”

4. 左拉笔下的一家[①]

布雷达街上的那顿晚饭之后不几天，德加收到了哈雷维的一张便条，让他出乎意外：

> 我亲爱的朋友，我给您介绍冯·哥泰姆太太，多少有点儿不谨慎。这次会面后的次日，我就着手调查这个家庭，想知道您该如何做。要不了多少时间，我通过警方一个朋友的调查，将给您更详尽的信息。

一个星期后，德加又收到了这位朋友亲笔写的一封信，密密麻麻写了三张纸。

德加得知这一切之后，心想，哈雷维有所保留也没什么不对，但不足以让他改变主意，取消约会。

---

① 左拉是19世纪自然写实主义者。标题的意思是如实描述这一家。

根据警方提供的信息，冯·哥泰姆一家，即父亲、母亲和几个女儿——夏洛特除外，因为那时她尚未出生，在1857年就离开了比利时来法国定居了。

安托瓦·冯·哥泰姆做男人服装，娶了冯·福尔松家的一个小姐为妻，她比他大三岁、无业。四年共同生活之后，安托瓦内特诞生了。

这对年轻夫妇的生活十分艰难，全靠一个人的工资勉强维持生计，缺吃少穿。安托瓦并不因此而发奋图强，他又开始酗酒，工作也不好好做。于是，他的妻子决定离开布鲁塞尔到巴黎谋生。旅途中花掉了一部分钱，剩余的用于在罗莱特圣母院街区的一个小棚子里安家了。

安托瓦的一个女亲戚，罗萨莉·冯·哥泰姆，不久前做了寡妇，尽量开导他们，并给予资助。

1865年，他们第二个女儿出生，取了她母亲的名字玛丽。这个瘦弱的孩子看来活不了多久。

冯·哥泰姆太太希望地点和环境的变化能对她的年轻的丈夫有所激励，使他改邪归正，可是做丈夫的变化只是不喝啤酒而改喝苦艾酒了。

家庭的氛围很快由酸变苦了。1870年第三个女儿降世，取名为夏洛特，上帝保佑，她的健康无虞。由于贫困，他们数次搬家，不过没搬到别的地区，无非是考克纳尔岛，拉马丁街，布雷达广场……他们最后搬到了比加勒街[1]，尽管罗莎莉婶婶慷慨解囊，他们也只能住在阁楼上。

其时，法国与普鲁士的战争刚刚打响，安托瓦作为外来移民，倒不一定非得拿起武器。然而有一天，他似乎仍然被战争风暴刮走了。

一天上午，他收拾完工具和衣料，穿上节日的盛装，拥抱了妻子和三个女儿，对她们说，他将与城市公交系统的头头有一次重要约会，谋求一个文书的工作。

这个突如其来的决定使他的妻子一时不知说什么好。安托瓦只会勉强签上自己的名字，要当文书……她想问他真正的动机是什么，但害怕挨打，没敢问。要知道，安托瓦以粗暴闻名，即便饿着肚子也打人。不管怎么说，到了吃晚饭时间，他仍没回来，次日也不见踪影。

他的妻子打算报警时，丈夫被直挺挺地送回来了。战争状态下，这类事情司空见惯，有些男人利用混乱之际，从家里逃出来已见怪不怪了。

他是志愿参军的吗？他是否在酒吧常来往的女孩中间找到一个合适的？他是否对这个家庭太绝望了，想一走了之呢？也许，他一时冲动，投入塞纳河了？

玛丽·冯·哥泰姆太太已无退路，她唯一的出路是喝赈

---

① 巴黎的一个红灯区。

济粥，为女儿申请补贴。罗莎莉婶婶责备她是这次事故的主因，拒绝再帮助她们，而普鲁士人已经打到巴黎的大门口。

她不得不从事一个既不要特殊技能也不要文凭的唯一职业：洗衣服。这个职业只需身体好，能吃苦，她两者兼备。比加勒街区有不少暧昧的公寓和妓院，有大量的衣服要洗，这份工作还说得过去。姐姐安托瓦内特被打发去照看两个小妹妹，至于上学，那就免了吧，等以后条件好了再说……

玛丽·冯·哥泰姆是弗拉芒人，尽管体型肥大，但还有三分姿色，她的微薄的工资不足以养活一家人，于是她不时卖卖淫，以贴补家用。那些士兵因撤退和失败，心情十分沮丧，她在安慰他们的同时，既提升了民族的斗志也给家中的女儿带回面包和牛奶，自己也有钱买酒喝了。

哈雷维继续写道：

> 请注意，亲爱的埃德加，这个家庭在巴黎发生的故事在我们所说的“贫民区”，在您所在的圣·乔治街和我所住的杜埃街的第九区，屡见不鲜。我们在街上很容易看见这类可怜的女人。您在到处走动时，也许在您画的表现洗衣妇的作品里，有她的形象呢……

信的最后谈到了冯·哥泰姆家人在街上卖淫，以及在歌剧院的私下交易。勒贝勒迪埃街的新剧院遭遇到又一场大火之后完全被毁，搬到圣·罗西附近的万达图尔街的一幢建筑里。

经过几番努力和耐心等待之后，玛丽·冯·哥泰姆太太得到了一个在剧院打杂的工作。她裁布做衣、缝缝补补很在行，院方很满意，于是就留下来了。

就在那儿，她产生了一个邪恶的念头，她的老大正值花样年华，很有吸引力，何不把她介绍给后台穿黑礼服的先生们挣钱呢。

她没费多少周折便找到了一夜、一个星期或是几个月的保护人了。女儿在皮肉交易中所挣的钱虽然有限，但足以使她们免于饥饿，更何况她这个做母亲的还继续在街区的人行道上游逛，为女儿做出牺牲呢。

家庭的经济状况得到改善，她决定离开这个逼仄、很不舒适的小窝，搬到克里谢大街一座建筑的三居室的套间住。其中一间留给安托瓦内特，让她接待临时相好，另一间给两个小的住，她本人则在厨房安个床铺。

她很快就明白她可能从新的境遇中获取更多的好处。除了每晚一个法郎的合法收入之外，安托瓦内特可以嫁个好人家，这样前途就有保障了。两个小的，玛丽和夏洛特一旦达到结婚年龄，也可走姐姐同一条路。

德加第一次与玛丽·冯·哥泰姆约会去了。当他走到她居住的克里谢大街上的那座建筑时，他看见人行侧道上一群女孩在沙上玩造房子游戏。

他在石凳上坐下，点燃一支哈瓦那小雪茄。

草坪和树丛尚滚动着晨露，上午还是很清新的。布朗西广场的集市传来了夹杂着垃圾臭气的水果和海鲜味。关于城市的气味，他还记得莫奈曾对他说过的一段话："从伦敦来的人身上带着煤味、褐色烟草味和雾气味，即便在沙龙里，凭气味就能认出他们。我本人喜欢我们大街上散发的味道，飘散着街石和栗子树的香气……"真是艺术家的语言！栗子树，即便在开花时也没有香味的，至于街石……

妇女们从集市上回家了，女店员带着帽盒送货，公共车在大街上来往穿梭，十一点出门的人群愈来愈多了，德加把目光一一投向他们。

他抽了半截雪茄，起身去约会，突然发现那两个玩造房子游戏的女孩的手势与动作都像舞蹈演员。没什么可惊讶的：其中一个是玛丽，另一个便是她的妹妹夏洛特；她俩穿着同一种深蓝色的罩衫，在雷诺阿[①]式的帽檐下，颈背上都扎一根形状相同的红丝带。

他走近她们，请玛丽陪他去找她的妈妈。他知道这幢房

---

① 雷诺阿（1841－1919），法国画家。

子，但忘记在哪一层了。

“你认识我吗？”他问道，“我就是在剧院与你的妈妈说话的那个先生。我与她有个约会。你愿意领我去吗？”

“行，先生，”她答道，“就在对面，跟我来吧。”

玛丽·冯·哥泰姆太太除了道德操行不怎样之外，还算得上是一个有品位的女人。德加原以为在她的住所里会看见她在布鲁塞尔郊区生活时带来的富有地方特色的东西。

他刚进门，便被室内简洁而不乏某种程度的雅致所震惊。屋里飘浮着水果成熟的香味。两个小的占着最大的一间，兼作客厅；里面有一张单人沙发，上面铺着西班牙图案的罩布，一个弗拉芒风格的柜子，一张帝国时代的小茶几和两张窄窄的床；这简直像一个轻佻女人的小客厅，并不俗气，墙上挂着一幅安格尔的油画《阿克戴翁[①]袭击狄安娜[②]》，放着一尊勒达[③]的石膏像。

家境比德加原先想的要好些。

玛丽·冯·哥泰姆太太问他要咖啡还是茶，他都不要；她给他递上一杯刺柏子酒，他接受了。

她在斟酒之前，打开了一个房间的门，喊道：

---

① 袭击狄安娜的猎手，后者受惊变成了鹿。

② 古罗马宗教女神，司掌自然、野兽与狩猎。

③ 勒达是斯巴达王的妻子，宙斯化作天鹅接近她，她生下了特洛伊的海伦。

“安托瓦内特，出来！德加先生来了。你不必穿着打扮。”

她穿着睡衣。她的发育已经十分健全，胸部沉甸甸的，内衣里的身材纤细优美。胭脂粉抹去了青春少女最后的痕迹；德加发现她不那么难看了，仿佛又重新看见了带歌舞的咖啡厅和妓院里的那些姑娘们，他以前在速写本里画了很多。

他蓦然想起哈雷维点评他为单板画准备的速写所说的话：“为何把这些窑子里的姑娘画成爱娃赤裸的模样？在家中，不管她们穿得如何少，她们总是穿着衣服接客的吧。”

安托瓦内特睡衣的质地是中国丝绸，上面绣着一串龙。她坐在小床的床沿上时，睡衣下摆掀开，露出一双套着纱网袜的狄安娜似的美腿。

安托瓦内特已经习惯接待男性来访，从弗拉芒式的柜子里取出饮料，目光始终盯着来访者。

“太太，”德加说道，“我提醒您，我要向您借用的是玛丽。关于她的薪金，我们已经达成协议。现在就等我们确定日期和做模特的次数了。我希望每星期一次，剩下的就明确日期和时间吧。”

他建议在下午三点开始。做母亲的表示异议。她开始说，每堂课的时间不宜过长，以免模特儿累着。她又担心缩短时间会减少说定的薪金；德加安慰她说，他会遵守协议的。

他提出要见见玛丽。母亲打开厨房门叫她。玛丽正在喂金丝雀，停下了，双臂交叉在胸前，仿佛见到学校老师似的，向来访者走去，在他几步远处停下，屈了屈膝，以示敬意。

“走近些！”母亲吼叫道，“你这样先生就不给你吃的了，别要脾气。”

接着她转向德加，说道：

“请原谅她，先生。她人很好，但害羞。哦，在她这个年龄，还什么都不懂呢……”

德加心里在嘀咕，小家伙想到那个悍妇可能会把她介绍给她姐姐在自己的房间里接待的某个先生，要她屈从做什么事情时，不如说充满了焦虑吧。

“不懂事，对，先生，”母亲继续说道，“但不傻，甚至还很听话……总之，还不差吧。我可以给您看她的家长联系册，老师说她‘可以做得更好’，这倒是真的，她的童年不幸福。她不爱说话，总之没她的姐姐话多，不过……”

“嗯，再好不过了。我在工作时，叽叽喳喳的模特儿让我心烦。您向她说过我要她做什么吗？”

“我担心她不会懂。在她这个年龄，为一个著名画家当模特儿，又不漂亮，她会想不通的。依我看，她会害怕……”

“我会非礼吗？太太，我尊重我的模特儿，也不会作贱这个小姑娘的。我既没有恋童癖也不是好色之徒。请想办法让她明白，您比我有说服力。这个时候，做母亲的懂得怎么去做。”

应该补充一句，这个絮絮叨叨的女人是没有什么理由忘记她的承诺的。她原本就是个拉皮条的女人，她的假惺惺的担心使德加感到很不爽。哈雷维曾怀疑这伙女人在设套让他钻，他也有所提防了，差点儿要放弃，但很快又打消了这个想法。

他一口气把酒干了，又从安托瓦内特手上拿了第二杯；他把手伸向小家伙，让她走近些。他把她的双臂松开，对她说道：

“你没再上学，我就不让你背诵课文了。听着，小宝贝，我不是大灰狼。我的名字是埃德加·德加，是个小有名气的画家。我在画面上画的，大都是各个年龄层次的女人。我原本可以让你的大姐姐和你的母亲做我的模特儿，但我选择了你；你这下该放心了吧？”

“嗯，先生。”

“所以你不要怕我嘛。我要你做的，就是在基座上呆着别动，坐在梯阶上也行，随你。你累了或是厌烦了，对我说就是了。你可以歇一下。话说回来，我要你做什么你就得做，举手啊，放下啊，劈腿啊……你明白吗？”

“是的，先生。”

“如果我要你把衣服脱了，你得服从。”

小姑娘向她的母亲看了一眼，母亲抗议了：

“啊，德加先生，这可没有事先说定！要这个小女孩在男人面前脱光，即便此人是个艺术家，也不可能。”

德加强压住怒火，解释道，模特儿赤身露体摆姿势是通常做法，“就像在医生面前一样”。她仍然不依不饶：

“这就完全是两码事了！您得修改协议；本来说好的，玛丽穿着芭蕾服摆姿势的，而您……”

“我从未答应过此事，太太！倘若我要为这个穿着练习服的小姑娘速写或是画画，我在剧院的排练场上就能做了，根本无需征求您的意见。既然您一再坚持，我就撤了。”

德加满脸通红，起身，戴上毡帽，甩了一句话：

“太太，我受不了别人把我当成色情狂或是常来光顾您的大女儿的那些先生！您怀疑我的诚实？那好，就此打住吧……”

安托瓦内特站起来，请先生坐下，对她的母亲说道：

“你多心了！德加先生是正人君子。他会信守诺言的，我相信！如果他的行为不轨，玛丽会对我们说的，是吗，宝贝？”

玛丽点点头。

“那好吧，”母亲叹了一口气说道，“我相信您。我们就按照约定办吧，我希望在开始的几堂课能在场。唉，德加先生，我收回我说的话。”

“我同意您陪您的女儿来，但我不愿意您呆在我的画室里；为了提高工作效率，我必须与我的模特儿单独在一起。”

“当然，德加先生！没有问题！啊，我竟然忘了……预付一点佣金挺合适，如果方便的话，十来个法郎……”

“我想到了，太太。这里是十法郎。”

5. 夜曲

新剧院坐落在建筑师夏尔·加尔尼埃设计的宫殿里，在举行揭幕仪式时，整个巴黎都轰动了。

剧院地处加布西纳大街边上，在硕大广场的中央，皇家饭店的对面。这座大房子有望成为参观首都人数最多的纪念性建筑物。

建筑的正面开有多个拱廊，拱廊之间耸立着象征抒情艺术的雕像，屋顶竖有柯林斯式的廊柱，柱身成对，组成了一个开放的长廊，最高一层是平台，四周围有群雕的栏杆小柱。穹顶延伸处是长方形的门楣，即是剧场的天花。整座建筑显得蔚为壮观。最初，在侧面设有皇帝和他的随从出入的专有通道，与一般观众和包厢订户完全隔绝，但陛下从未使用过……

宽广的大厅里建有一条曲折有致的大理石阶梯，人们拾级而上进入“圣殿”。绚丽多彩的水晶灯与扎着铜茎的落地灯交相辉映，使剧场变得神奇莫测，观众恍若进入东方的皇宫。

剧院领导安排每星期三场演出，第四场放在周日，与意大利戏剧轮换演出。按每星期三场演出的次数，观众可以预订一年的座位。

德加在新剧院观看第一次演出时就觉得自己身处圣殿之中。他以为皮维斯·德·夏凡纳[1]壁画中的女神戴尔西肖尔[2]本人及簇拥她的仙女出现了。

新的舞厅与老建筑里的舞厅有天壤之别。光线不再从油腻腻、脏兮兮的玻璃进入，而是由宽大的窗户取代，在昏暗的日子里，姑娘们跳舞有灯光照明，其辉煌壮丽不亚于凡尔赛宫。

德加始终在寻求生动的细节，即便是丑陋也不放过，因而颇为失望，因为环境变了，人物依旧：教授、芭蕾舞演员、披头巾的母亲，以及穿黑色礼服的大人先生们，而且气氛更加冷漠、矫情。他感到这里的人与环境很不协调，但他转而又想，时间长了会有所变化的。

冯·哥泰姆家的三姐妹就是在新的环境里继续追寻她们的美梦。她们热衷舞蹈，虽没有出众的表现，但孜孜以求，各种罚款却像雨点般地落在她们及她们同行姐妹的头上，有事缺席，排练或演出时大笑，要不就是做个鬼脸都要罚款。

年中考核时，从四对舞到芭蕾的基本动作，玛丽都没费

---

① 皮维斯·德·夏凡纳（1824－1898），法国重要的壁画家。

② 司舞蹈和抒情诗的女神。

太大力气顺利过关，然后舞蹈动作逐步升级；大家有理由相信，她不仅可以担当独舞的角色，而且在群舞或芭蕾整体演出时可以排在前面。夏洛特从低级别到高级别的舞蹈动作也顺利通过了，她很能刻苦，又有坚强的毅力，可以期望比她的两个姐姐有更好的前程。

安托瓦内特就另当别论了。

考核阶段完毕后，她只能当一名编外人员，做一个没有固定合同的跑龙套或是群众演员，前景不妙。她的训练没有循序渐进，自己又过于敏感，妄自尊大，加之经常缺席，她只能成为一个替补的角色，而且还招来训斥，酬劳扣去不少。她受到两个月的停职处分，但并没有吸取教训。

不知是否是后台的某个保护人在执著地施加影响的缘故，反正院方把她留下来了。她的美貌吸引着几个黑衣大人，其中有的人已经成了她或长或短的固定顾客了。

套用小说家亨利·拉夫当的一句话说，安托瓦内特“过日子就像踩自行车”。

婶婶罗萨莉尽管对她们家有看法，还是与他们恢复了亲戚关系。她已经老了，像个上世纪的人，有一份小小的年金，安托瓦内特的所作所为令她很看不惯。

玛丽·冯·哥泰姆太太除了继续在黑耗子酒吧附近溜达找机会以贴补家用外，仍然在剧院打杂，一举多得，既可照看她的女儿，也可为安托瓦内特揽生意。

《女帽店》 1882—1886 油画

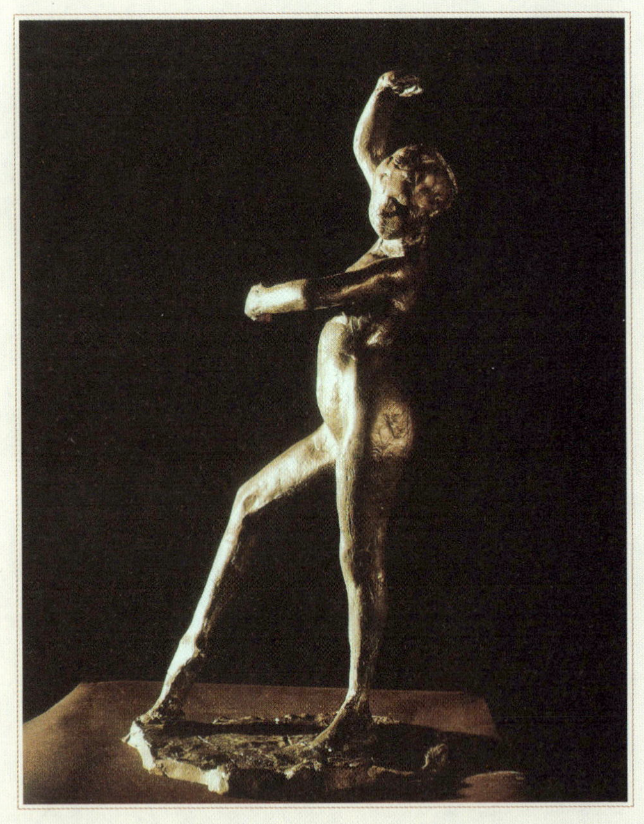

《舞蹈》 1883—1888 青铜

德加早已又恢复对洗衣女工和熨衣女工画画的周期性的激情。这些女人大都在敞篷工作，于是他很方便就能截取她们的习惯动作，这些形态吸引他不亚于布鲁热尔[①]画笔下的乡村节日。

敞篷由于热气和蒸汽，任何季节都是开放的，德加呆在不近不远处，通常是在夜色降临时分，看着下层人的劳作感到心旷神怡，左拉在他的小说《娜娜》里曾对此津津乐道过。女工们的姿态、言语，他都没放过。他沐浴在真实的生活之中，世间任何东西都不能让他分心；有时，这些多嘴多舌的妇女和姑娘发现他在那儿看，冲着他谩骂一气，他这才回过神来。

数年后，他的兴趣又转移了。一位名叫古斯塔夫·高吉奥的艺术批评家猛烈抨击他对粗俗的下层人的癖好，他写道："德加喜欢画女流氓、熨衣服的丑老太或是丑姑娘。她们举止粗俗，态度凶恶，却让他动心。这些店铺散发氯气、汗臭、被熨衬衣的难闻的味道，他却到处在嗅。倘若有可能，他甚至会对她们的无耻勾当感兴趣。他还给这些哈欠大得能下巴脱臼的女人送葡萄酒。在女性的工作中，这些人是最肮脏的无赖。"

---

① 布鲁热尔是弗拉芒世袭画家，擅长画乡村景色和乡村生活场景。

高吉奥强调得过分了点，但应该承认，他的观点基本正确。

一天傍晚，德加站在离罗莱特圣母院不远处的人行道上看对面的熨衣铺，一个丑妇发现他了，突然冲到街上，手掌按在屁股上，对他大声喊道：

“混蛋，你不是总在窥视我们吗？你想画我的屁股吗？那好，睁大你的眼珠吧！”

她转过身去，掀起裙子，向德加亮出她那皱巴巴的屁股，应该说，无论这个画面有多么真实，但完全不值得入画的。

有一次，德加在哈雷维家吃夜宵，向他讲述这件事情，莫奈反唇相讥道：

“您又没有去抢劫。爱窥视丑陋的人尽可自娱自乐，这类题材在艺术作品中并不鲜见。你们是知道的，我本人也崇尚现实主义，但必须是有品位的现实主义。挑逗该有个限度。让这些可怜的姑娘去干奴隶的活儿，随她们如何肮脏丑陋去，您还是回来画您的舞蹈女演员吧，这才是您的正道。”

加米依·比萨罗[①]也参加了这次艺术家们的小聚，他补充道：

“德加，您还不如把兴趣转向景物呢。您的才华将会得到极大的发挥。至少，您不会影响任何人，不会有哪个女人向您

---

① 加米依·比萨罗（1830－1903），法国画家，印象主义画派大师之一。

亮屁股，也不会因侵犯禁地而遭受屈辱了。”

莫奈的表妹贝尔希·莫里索希望他回归室内画，如家庭生活、肖像画什么的。她说道：

“啊，德加！您画的意大利贝利尼[1]一家多好啊……细节的准确，表情之生动……而您画我的姐姐沐浴在金色的光线之中也是妙不可言……还有您的自画像……又有谁比您更能如此真切地表达您内心的烦恼，生活中的神秘，以及您对全人类表现出的蔑视呢？”

“说蔑视太夸大了，贝尔希。”德加纠正道。

玛丽·加沙特是最近刚到巴黎的年轻美国女人，觉得这些观点太简单化了，动情地为德加辩护：

“艺术家的选择是不容置疑的。不管他选择什么主题，评论的标准只能是他的工作的质量和他欲表达的东西的真实性。难道您会责备热罗姆·博西[2]画风的粗犷，责备里贝拉[3]的残酷，责备郭雅[4]画的狂欢节时戴假面具的市民吗？走您自己选定的路吧，亲爱的德加，您身上有但丁[5]的神韵……”

德加厚厚的眼皮下，目光带有先天性的忧郁，他向她投去默契的一瞥。

---

① 吉奥法尼·贝利尼（1430－1516），意大利世袭画家。

② 热罗姆·博西（1450－1516），比利时布拉班特省的画家。专画宗教和市民题材，形象夸大，富有出众的想象力。

③ 里贝拉（1591－1652），意大利画派的西班牙画家。

④ 郭雅（1746－1828），西班牙画家、雕刻家。

⑤ 但丁，13－14世纪意大利诗人，代表作为《神曲》。

他满心喜悦地聆听这些话，品味着话音的抑扬起伏。他欢迎众人的评说和一锤定音似的颂扬，一言不发，仿佛一把巨伞在保护着他。他对他的真正朋友总是有些收敛的，为了不败坏夜宵的气氛，他对尖刻的批评也不反击，但内心却不平静，只能使劲碾碎面包屑发泄愤懑之情。

玛丽·加沙特起立向他拥抱告别，他向她表示谢意，然后把餐巾扔在餐桌上，也站了起来。哈雷维夫人开口说话了：

“怎么回事，我的朋友？您这就要走？”

“请原谅，”他答道，“好像要下大雨了，我已经听见雷声……”

“请允许我送您！”玛丽说道，“我有伞带您。”

年轻的油画商昂布瓦兹·弗拉尔吃着奶酪昏昏欲睡，从来都少言寡语的他，此刻却说他也要走了。

“怎么回事啊，”哈雷维夫人惊呼道，“简直是集体大逃亡嘛！我的英式冰淇淋呢，我拿它怎么办？”

“等炸弹爆炸[①]，我们就有两份啦！”皮萨罗开玩笑道，“我喜欢吃冰冻甜点。”

玛丽和德加让弗拉尔单独走了，他俩彼此挽着手臂朝特鲁戴纳街走去，玛丽在那里有一个公寓和画室，离德加的住

① 这里法文“炸弹”与“冰淇淋”同音。

处不远。

她想再谈谈德加遭到的批评，让他消消气，但德加劝阻了她。

“告诉我，玛丽，您能接受巴黎生活方式吗?”

“毫无问题，而且不胜荣幸。我走的地方太多了，感觉到随处都是家乡，又哪儿都不是。不过如要我选择的话，我希望在这里了此一生。我一点都不想回到宾夕法尼亚的匹兹堡老家去。说来说去，我只是在这里寻根嘛，听老人对我说过，在南特敕令[①]撤销后，我的先祖就流浪在外了。”

玛丽·加沙特既不美也不漂亮，身材适中，曲线匀称，还挺性感的，德加恨不得为她画张裸画。他俩第三次见面是在餐桌上，彼此已经有好感了；他俩趣味相投，默契之处多多，看来他们将友谊长存。

“您似乎对我的生活不太好奇，”她说道，“是没有兴趣还是胆怯?”

“谨慎而已，并非没有兴趣……您是什么意思呢?”

“这我就放心了！至于我，您是知道的，我很欣赏您，而您……”

“关于您的工作，我待会儿进一步了解吧；我倒希望您先谈谈您自己，女人嘛。我虽不太愿意多谈自己，但对私房话倒

---

① 南特是法国西南面重镇。南特敕令指1598年法国国王亨利四世在南特城颁布的宗教宽容法令。

很感兴趣，特别是女人的私房话。”

“那么我们走吧。还有些酒吧开着，我渴死了。来杯白酒提提神也好。”

他笑着反对道：

“不同意，玛丽。这么晚太危险啦。”

她耸耸肩说道：

“算了吧！我在巴塞罗那和那不勒斯常去更下流的酒吧，也没事。不过，既然您这么想，趁您说的大雨还没下，我们就继续散步吧。”

他俩顺着肮脏的小街一条条走去。晚雾缭绕，煤气灯光更加暗淡，他们不时遇上妓女、在门洞的阴暗处抽烟的拉皮条男人，以及唱着小调的醉鬼。

“私房话……”她说道，“首先，我能随意旅行，不愁没钱花，那多亏了我的父亲。他离开了匹兹堡之后，在阿勒格尼城开了一家银行，后来又成了这个小城的市长；再后来，他到费城定居了。”

学业结束后，她就走出家庭，目的很明确：看遍欧洲所有的大博物馆。数年间，她不停地在家庭与她的第二祖国——法国之间穿梭。

其次嘛……1870 年的战事[①]使她在巴黎备受惊吓，接下来

---

① 指那年的普法战争。

的巴黎公社把她赶了出去。她不得已乘船去了美洲，巴黎的秩序恢复后，她立即返回，在各大博物馆临摹。杜伊勒宫[1]的一把大火使她悲痛不已，幸而卢浮宫没遭到相同的命运，她又得到莫大的宽慰。她只有去欧洲其他的博物馆“朝觐”时，才暂时离开首都。

是路德维希·哈雷维把她介绍给德加的，当时她还是画家兼雕刻家夏尔·夏普蓝的女弟子；夏普蓝的父亲是英国人，母亲是法国人。老师在蒙马特高地下面和巴蒂尼奥勒街区把女弟子介绍给了新雅典派和盖尔布瓦咖啡馆里的印象派画家。

她与她的老师是否发生过一段恋情呢？不过在感情领域，他俩交谈始终十分谨慎。

此刻，夜雾下飘洒着湿润的细雨，他俩躲在玛丽的雨伞下在黑夜中踽踽而行，一直走到安维尔广场。路上仍然有少数几辆出租车和点着黄灯的马车经过，缓慢而凄惨，好似一辆辆柩车。酒吧和低级咖啡馆里的灯光在人行道上荧荧闪亮，那里传来了骚动声和喧哗声。

有一次在沙龙画展上，这位年轻的女艺术家首次展出了名叫《阳台上》的画作，德加这才真正对她产生兴趣。他发现在颜色的取舍和构图上，女画家的品位与他本人相似，并

① 巴黎杜伊勒宫在卢浮宫的西面，曾为法国历代君主的王宫，1871 年部分被焚。

且手法已相当成熟。

印象派画家的沙龙最近才成立，目的是与学院派的老评审委员们的评审标准抗衡，德加问她是否打算在这个沙龙里展出她的其他作品。她想介绍另外几件作品：《包厢里的女人》、《阅读的女人》、《在花园里》，她在上面又进行了加工。

“我担心您认出自己的风格，从而责备我。”她对他说道，“我对此很困惑；但有什么办法呢，我早就把您看成是我的导师了，只是不敢向您明说罢了。我首次在霍斯曼大街的画廊里看见您的油画之后，内心就产生了一个想法：‘这才是改革画风的艺术家！’后来，我窃取了您对光线和色彩的运用技巧，您的构图方法，请您原谅。甚至有时，我感觉到自己就像在临摹您的作品，您会怨恨我吗？”

“只要临摹得好，一点都不！不过我们有几点存在分歧：您是室内画画家，而我是现实主义画家。您像贝尔希·莫里索，专画高贵的夫人、孩子们，而我画的是洗衣妇、戏谑者、醉鬼……谁看不出来呢？”

“您说您喜欢我的画，可是……有人对我说，关于我的女性题材，您说过这样一句话；‘这是小耶稣与他的英国奶母在一起！’”

“我承认说过，不过我又补充了一句：‘这是本世纪最美的画作了。’您得同意，这个恭维影响可不小啊。”

她想知道他最近在忙什么。他对她说，他打算画一个小舞女，并且谈到这个模特儿，以及由此带来的烦恼。

“什么样的烦恼？感情方面？”

“算了吧！您很了解我，知道我是如何与我的模特儿相处的。这个小舞女才十四岁，况且还不漂亮。”

“这我就放心了。”

“您想当模特儿吗？”

“说说罢了。究竟是什么烦恼？”

“今晚就不谈这些了，否则要谈一整夜，再说，问题还不简单。”

她靠近他的身子，装作赌气的样子。

“与埃德加·德加度过一夜，即便是纯粹礼节性的，也是梦寐以求的事啊！”

“朋友间相处几天，吃几次饭足矣。我们还会见面的，是吗？”

她停下脚步，收起雨伞。

“特鲁戴纳街……”她叹口气说道，“我们到了。我能请您再喝一杯吗，就像人们常说的告别酒？”

“谢谢，玛丽。天很晚了，我担心我的女仆会着急的。”

几天后，他俩又在画商弗拉尔的店里见面，德加对她说，他打算画一幅画，取名为《痛苦》，他问她是否愿意为她摆造型。

“请原谅，”她说道，“我闻到这个女酒鬼的酒味就恶心。我喝惯了伏特加，您明白吗？您另请高明吧。”

于是德加又去找爱伦·安德烈。这个女人美丽非凡，曾在他家，也在雷诺阿、马奈以及史蒂文斯的家里做过裸体模特儿，所以她没有拿架子。在画中，她将还有另一个艺术家作为陪衬，即马斯林·戴斯布丹；此人曾是平民富翁，后来经济陷于困境。画的背景是下三流的酒吧。

戴斯布丹没有达到马奈或是德加的艺术高度，但在绘画与雕刻领域找到了自己的路，虽说不上是天才，但也颇具才能。

在他的钱多得能随心所欲的年代，他在弗洛伦萨附近买下一片庄园，数年间过着穷奢极侈的日子，歌舞升平，醉生梦死，好似罗马帝国末期重现。他挥霍无度，冒险投机又失败了，只能带着妻子和八个孩子回到法国，过着倾家荡产的流浪者一般的生活，成天喝得烂醉如泥。他与他的家人住在类似厂棚的房子里，位于克里谢广场与巴蒂尼奥勒街之间。

德加向他提议为《痛苦》一画摆造型时，他回答德加说：

“同意，只要你能支付酒钱。你是知道的，我嗜酒如命。”

6. “天衣”

首次摆造型就争吵不休。

玛丽·冯·哥泰姆太太按约定的日期和时间搀着玛丽的手来到德加的画室。她给玛丽穿上了去见罗莎莉婶婶时穿的全套行头：芭蕾舞演员穿的那种喇叭形的双层裙，腰扎时尚的宽丝带，外加针织披肩，颈脖上围了一串像贝尔希·莫里索画中人物戴的那种樱桃红草念珠。她在小姑娘的脸上扑了粉，并且在她的脸颊和嘴唇上涂了红。

德加看了气不打一处来，认为这身打扮毫无必要。

“我并不想画一个洋娃娃。请拿出您的手绢，擦掉她脸上的红颜色，然后到客厅去。萨比娜将为您送上一杯咖啡或是茶，您可与她聊天或看报。报纸在柜子上。”

“先生，”太太抗议道，“我希望能与我的女儿在一起，让她安心。”

“她无需您在场。我们不是在歌剧院的练舞厅，也不是参加考试。没有您，我们就能很好地合作。”

“那么请答应我……”

德加耸耸肩说道：

“答应什么？答应尊重她？我早就向您保证过了，大灰狼不会来吞噬小绵羊的。我说了：到客厅去！倘若您觉得不舒适，可以回去。”

“我不想回家……只是希望……”

德加干脆打断了她的话，直接问玛丽道：

“你的母亲对你说过你应该像看医生那样脱掉衣服吗？”

“是的，先生。”

“你不为难吧？”

“不，先生。”

“那么好极了，太太。我说过了，去客厅吧。我不想再重复了。您听到您的女儿叫救命时再出来吧，哦，哦，开个玩笑……”

德加坐在沙发上，把小女孩拉到膝间，轻轻叹了一口气。这个将进入青春期的孩子虽说有十四岁了，看上去只有十二岁。她显得过于瘦了点，手脚骨太细，对触摸的反应也不太灵敏。她的小腿上还有一点点肌肉，但双腿似乎还没成型。

“你还没长成漂亮的姑娘，玛丽，但没关系，我要的不是这个。好啦，脱衣服吧。你需要我转过身去吗？”

她耸耸肩，淡然一笑。德加看着她母亲为她准备的“全副武装”禁不住哈哈大笑。小姑娘的这身打扮该是她的专利了，因为这是德加第一次领教。瞧瞧这双高至膝盖的长筒靴，就像妓女穿的……

“你得把靴子脱下，把这身衣服脱掉；你这个年龄，根本无需如此，你瘦得像个剥皮小兔子似的……啊，这个当母亲的！”

他说话的嗓门很大，说得小姑娘用手背直擦眼泪。

“我吓着你了？请原谅。我的脾气有点暴躁，但人不坏。告诉我，巧克力和水果糖，你喜欢那种？一块巧克力？行。这是装巧克力的盒子，自己拿吧。”

为让这个害羞的小家伙听话，德加早就准备了零食。玛丽拿了吃的，点点头以示感谢，开始慢慢脱衣服。德加帮助她脱下她的全副武装，感觉就像是在剥虾仁似的。在脱小家伙的裤子时，她的手交叉在胸前，带着受凌辱的处女的神态，对这最后牺牲显得很恐惧。

“我的小美人，裤子也要脱。我说过了：要脱光。天哪，你够瘦的了……你平时能吃饱吗？”

“哦，是的，先生。”

“吃肉吗？”

“嗯，每星期两次。白煮肉。有时吃马肉。奶酪和牛奶常吃。”

“水果和蔬菜呢？”

“也吃，先生，每天都有。买菜是安托瓦内特的事，有时我跟她去。”

德加在膝上猛击一掌，兴奋地说了一句：

“啊！太好了，小家伙开口了。”

他犹豫片刻后，问她是否是处女，是否像她的姐姐一样接待过那些先生，她双手捂住脸，扑哧笑出声来：

“哦，先生，没有。我母亲说我还不成熟，还得等等；但安托瓦内特已经对我说过，以后得做，要挣钱嘛……”

德加起身，扶住她的肩膀，让她向后，向前，行走。他把手托住自己的下巴，眯着眼睛，像个猎手似的，仔细观察她的静态与动态，记下了她的一些富有特征的动作。

她的脸具有四分之一的黑人血统，有些黝黑，也许承传了西班牙人占领荷兰那个时期的特征。脸部线条均匀，有点严肃，具有野性的印记。正在成型的乳房已显轮廓，双肩骨棱棱的，髋骨突出明显，突起的节椎骨端点处隐隐约约有一个节结。在稍稍鼓起的阴阜上，微微卷曲着几根阴毛。

德加激动不已。这是他平生第一次单独与一个这个年龄的女孩面对面在一起，何况如狄德罗[①]所说，这个女孩仅穿着“天衣”。即便他自己的妹妹也没一丝不挂在他面前出现过，除了有一天晚上，他发现妹妹蹲在浴缸里在洗自己的隐私处。

---

① 狄德罗（1713－1784），法国作家、哲学家，花二十年时间编纂《大百科全书》。

他甚至还记得，在那不勒斯他舅舅贝利尼的卡鲍迪蒙特的别墅，他正在画巨幅油画，表现一对夫妇和他们的孩子；他突发奇想，请求他的两个表妹——吉奥瓦尼阿和朱莉为他的另一幅油画做裸体模特儿，画名他早已想好了：《维纳斯和狄安娜的童年》。但这家人过于腼腆，又爱装腔作势，他终于放弃了这个打算。

“玛丽，你不冷吧？”

“有点儿，先生。”

“如果坚持不下去，就做一会儿体操。你爬到基座上，照我吩咐的去做。”

她毫不迟疑地照做了。他吩咐她弯腰，她就弯腰，像摘樱桃那样举起胳臂，蹲下作小便的样子，行礼致敬，做一字开的动作……他本人则坐在单人沙发上，用炭笔在他的大练习本上勾勒简图，发出自鸣得意的哼哼声。

“现在，你躺在长沙发上，装作睡觉的样子。再来块巧克力吗？”

她在他递上的盒子里拿了一块巧克力，塞进嘴里咀嚼着，很放松地摆出了他要求做的姿势：身体侧睡，一条腿伸直，另一条腿弯曲，完全模仿安格尔的油画《土耳其宫妃》，为那幅油画摆造型的是拿破仑的妹妹卡洛里娜。

他用炭笔画了这个姿态，又修改多次，然后对她说道：

“行啦！今天就到这儿吧……你看，既不困难也不累人吧。下次你把你的舞服带过来，我会帮助你穿上的。告诉你的母亲，你现在的这身行头没有用，留给安托瓦内特吧。”

她羞答答地想看素描。德加大笑：

“你可要失望的，我的小家伙。”

他把素描本递给她。她好奇地翻着。确实是她，没错，但自己似乎被分解了：一条腿，一个胳臂，平平的臀，一张脸的轮廓……

“你喜欢吗？”

“啊，是的，先生。很漂亮。”

“那好。你很好说话！这些素描不美，但有用。也许你想看你的肖像？”

“是的，先生。”

“会看到的。我们星期六再见。下次时间要长些，还有巧克力吃……”

到了星期六，玛丽·冯·哥泰姆太太像时钟一样分秒不差地带着女儿来了，胳臂里夹着她的练舞服。

“德加先生，”她说道，“我们该谈谈。”

“又有什么事情啦？玛丽第一次就受不了啦？”

“不是这个问题。是这么回事……我也不知道是怎么回事，消息传开了，说我的女儿给您当模特儿，您的一位同行，那天我在盖尔布瓦咖啡馆遇见过的，对我说，他希望我的女儿也为他做造型。”

“我很吃惊；不过，不管怎么说，我看不出有什么麻烦啊。”

“有点儿……他提出每堂课多付一个法郎。这可不是小事。您再加点吧。我可没向您狮子大开口。”

“让您的女儿待价而沽已经不好了，太太；敲诈勒索就更糟了。”

“敲诈勒索？像我这样正直的女人？”

“您能告诉我开价的人是谁吗？”

“他名叫……我想名叫戴斯布丹。”

“您说谎，我抓您个现行！我的朋友玛尔斯兰·戴斯布丹在诺曼底已经有两个星期了，要到下星期回来。我知道这件事，是因为他写信告诉我的。也许他写信向您提出来的？”

德加气得满脸通红，又补充道：

“我最恨别人用这种手段强迫我。我本该把您和您的丑女儿扔出去，但我是个负责任的人，一件工作开了头，就想把它做完。就按原来说的办吧，要不就算了。我等您的回答，而且立即。”

她一屁股坐在椅子上，双手在膝盖上乱搓，哀求道：

“请原谅，德加先生；可我也没办法啊。我是一个寡妇，要养三个女儿，她们分文没有，或挣得很少，您知道吗？”

“算了吧，太太；别想争取我的同情。您并非像您说的那么穷。我知道你们从前是如何过日子的，不太光彩，很不光彩。行啦，别再说谎哭穷啦。我会忘记您刚才说的话的。”

德加用手指指门，以命令的口吻冲着她说道：

“太太，现在请您到客厅去！玛丽和我，我们要工作了。”

7. 含而不露的激情

夏天，埃德加·德加时而旅游，时而在友人家小住。他不无遗憾地放了玛丽·冯·哥泰姆小姐两三个月的假，他俩将在秋末再见面，重新开始工作。

他在第爱普[①]的哈雷维夫妇的居所先住了一个星期，这对夫妇有三处房产，轮番住，其他两处是首都附近的圣－日耳曼公馆和他们在巴黎的寓所。德加在奥尔纳[②]的瓦尔班松夫妇家逗留了较长时间，尽管那里多雨。

瓦尔班松的燕雀[③]之家在松树种马场附近的卡赛镇[④]有一个庄园，风景优美，像英国的乡村，成天雨雾濛濛，对他很合适。

德加并非第一次在这个热情好客的家庭下榻了。他们虽非贵族，但德高望重，学术渊博，喜爱并收藏艺术品，对画家欣赏到几乎崇拜的地步。德加在诺曼底的这个大庄园里有自

---

① 靠近英吉利海峡，是旅游胜地。

② 法国下诺曼底地区的一个县。

③ 法语“燕雀”的音译与“班松”谐音，形容这是个快乐的家庭。

④ 奥尔纳县的县城。

己的房间，生活自如；全家人像接待贵宾似的招待他，事实上，他也确实为他们单调的乡村生活带来了大城市的气息，同时也带来了沙龙、情调高雅的咖啡馆、小酒吧和歌剧院的情调。他只需打开他那个魔术师般的旅行箱，庄园的主人们就会激动不已。

德加和瓦尔班松的儿子保尔的谈话有两个热门话题：共同回忆他们一起求学的中学时代和安格尔的画。

保尔继承了他父亲的遗产，他把其中的一部分用于购买安格尔的油画和素描，倾情相注，德加也有这个爱好。这里还有一个好处，就是靠近种马场，德加虽不想成为动物画家，但他的有关马的作品均取材于此。

在德加的心灵圣殿里，要说油画的形态高雅，着色坚实而挥洒自如，画布上光彩之细腻，是无人能与安格尔并驾齐驱的。德加在起始阶段画了一些古代题材的油画，他不否认这事，但却不轻易示人；从这些画作中，我们已经可以看出他对安格尔的尊崇之意了，类似于师生之情。

在保尔·瓦尔班松的陪同下，他参观了安格尔的出身之地蒙多班的博物馆，那里展出了大师的素描本，德加看了更是欣喜若狂。

德加每次去瓦尔班松的庄园都会带上他的全部画具。他对诺曼底的风光情有独钟，但他很少把它入画。他早已把这家人的所有成员都一一画尽了。玛丽·加沙特对其中的一幅画恭维备至，画的是这家人的千金小姐正在吃苹果。他常去种马场，有时兴之所至在田野策马驰骋，因此他也留了部分时间画马。

他本厌恶露天作画，但有时也为奥尔纳的景色素描，其用意倒并非是模仿塞尚或比萨罗的画风，而是偶尔可用来做画面的背景。

德加和保尔乘着双轮轻便马车沿着一条名叫图克的小河漫游，小河的两旁白杨成行，垂柳成荫，柯罗[①]看了大概会着迷的。

一路上，他俩谈到了画、巴黎生活和感情问题。保尔有一个妹妹，名叫阿加特，比他小三岁。保尔对德加隐隐约约地暗示过，这位声名显赫的贵宾如追求他的妹妹，他的家庭是抱赞成态度的。

从表面上看，这种可能性似乎并不存在任何障碍。相反，一切都有利于德加和瓦尔班松家千金的关系深入发展，除非他俩都缺乏足够的勇气表白，就像拉比什[②]的戏剧《两个羞怯的人》的翻版。

---

① 柯罗（1796－1875），法国画家、雕刻家，擅长画传统的抒情风景画，他的许多作品被卢浮宫收藏。

② 拉比什（1815－1851），法国著名戏剧家，法兰西学院院士。

这两个怀有浪漫情怀的才子在花园的两排苹果树之间漫步，你如仔细观察，会感到他俩是在云霓之上徘徊，一阵小小的风暴便会使这一切烟消云散。

保尔终于鼓起勇气问德加道：

“我与你无所不谈，埃德加。我倒想私下问问你，你与我的妹妹的关系究竟走到哪一步了。你似乎在上演一部短短的感情喜剧，有点像莫里哀的《太太学堂》[①]，阿加特演阿涅丝，而你演奥拉斯。我常常禁不住心里在想，并且想知道，你们单独在一起时在谈些什么呢？”

德加迫不得已道出实情，喃喃地说道：

“我们谈……我们谈论诗。阿加特酷爱马拉美[②]的诗到了痴迷的程度。我对这位诗人也很欣赏，你是知道的，他是我的一个朋友。”

“谈诗歌，真的吗？我可不知道我的妹妹对诗如此感兴趣……还有其他话题吗？也许还谈谈马？她骑马可英姿勃勃。”

“没有。有时还说说古代哲学！苏格拉底，柏拉图……我向她说到第欧根尼[③]时，她有点不高兴。有人说，我有点像他，至少在说话直率、愤世嫉俗方面……”

“行啦，这么说，你们先谈诗人，再谈哲人，不谈你们自

---

① 莫里哀的著名喜剧。说阿涅丝与奥拉斯相爱，后者不知底细，把他的恋爱经过告诉了暗恋着阿涅丝的另一个男人，给自己招来了一连串的麻烦。

② 马拉美（1842－1898），法国著名唯美派诗人，对20世纪世界文学产生重大影响。

③ 第欧根尼（约公元前320），犬儒学派创始人，强调禁欲主义的自我满足，放弃舒适环境。

己吗？我想说……感情……你们之间的感情……我想对你透露一件事情：最近，我偶尔翻到阿加特的私人日记，这才了解到她对你十分尊重，还不止这些，我并不惊讶；她似乎……”

德加的反应却极为强烈，他说道：

“你还希望我们成为男女朋友吗？那么避开这个话题吧。阿加特和我，我们的关系纯洁无瑕，仅此就够了！”

他俩的谈话到此结束。保尔终于明白，只要一向德加说到婚姻问题，他就会避而不谈，甚至情况更糟。

德加度假的这几个星期过得很悠闲，心情平静，睡眠充足，天热时还睡个午觉，要不就是沿着河边散步，在山间走走，或是在公园打几局槌球，在棚架下长时间休憩，喝开胃酒……

当地不时会下几阵骤雨，随后便是阳光普照，田野熠熠生辉，蛐蛐欢快鸣叫。德加感到心旷神怡。如不是一次意外的来访给他的假日画上了一个句号，他真想延长到初秋再走。

琼·S·凯利原籍是苏格兰人，凭一时兴起来诺曼底旅游。他家族的一支在玛丽·斯图尔特[①]还生活在宫里时，忠于瓦卢瓦王朝[②]，曾参加我们的军队与英国打过仗。

在他来访之前，德·瓦尔班松先生与留在法国的凯利家

---

① 玛丽·斯图尔特（1542–1567），苏格兰国王雅克五世的千金，曾嫁给法国国王二世。

② 瓦卢瓦王朝在1328年至1589年期间统治法国。

的人通过信。他们得知，在奥尔纳的这个体面人的家里，还有个千金小姐待字闺中，何况，这是一门好亲事。

德·瓦尔班松先生亲自坐上轻便四轮马车去阿尔让丹车站迎接这位贵宾。琼拿出一件礼物，让人既困惑又兴奋；这是一座他在苏格兰城堡的粘土模型：歌德式风格[1]的建筑，一座真正的迷宫，俯瞰着一条湖，以及猎物出没的上百公顷的森林，外加四个村庄，有上百个农民在那里生活。

琼穿着一身遮风挡雨的苏格兰服装，并无特别高雅之处，像个乡下绅士；他大腹便便，头发蓬乱像头狮子，脸上毛茸茸的，显示他对家乡的威士忌有特殊爱好。

琼在德·瓦尔班松先生的庄园里天天都有德加陪同在侧，无非是打打猎，骑骑马，钓钓鱼，畅饮威士忌酒，他倒是先前留个心眼自带酒水的。他并没有公开追求阿加特，但总是在寻找机会，终于一天晚上，他在凉棚下喝完最后一杯酒之后，向保尔袒露了他想娶阿加特为妻的意愿。

德加得知这个消息后，反应异常强烈，但旋而又克制住了：

“那么阿加特呢，她怎么说？”

保尔事前并没有把琼求婚一事告诉任何人，包括他的双亲，而且除了德加和阿加特，谁都不会想到他来访的真正目

---

① 哥德式风格的建筑主要特征是有尖角的拱门，肋形拱顶和飞拱，构成一个完整体系。

的。

“可怜的阿加特……”德加叹口气说道，“我对她成日在雾气缭绕的城堡生活不看好，周围都是树林，整天陪着这个野人。”

“野人吗？”保尔反驳道，“他可是苏格兰最富有的人之一了。至于阿加特，她什么都听她父亲的，我想除非某个人……你知道是谁……‘可怜的阿加特’……你要说的就这些？天哪……不过你是一个正常人。我承认，阿加特并非美貌非凡，可你俩原本可以成为一对幸福和谐的夫妻的，再说彼此也十分默契。嗨，我是你的好朋友，你就说说你究竟是怎么想的。”

德加承认，他是想着提亲来着，甚至不知羞惭地认为阿加特会接受的；但他犹豫了……

“保尔，使我裹足不前的是，就是我不会成为你妹妹的好丈夫的。她怎么会接受我经常不在家，夜晚时常出没酒吧，歌剧院后台，甚至妓院？尽管我去这些地方是为了寻找素描和色粉画的素材。自由，保尔，自由是我的最珍贵的财富。我不能，也不愿意拿自由做任何交换。我担心阿加特与我生活在一起不幸福，我也会因此而不原谅自己的。”

他向保尔追忆道，有好几次他对这个问题进退两难，苦恼之至，经过激烈思想斗争，最终总是得出同一个结论：他只能终身过单身生活。

“我很遗憾，但理解你，”保尔对他说道，“强迫自己去做一件事情，也许会让自己的生活受到影响。说到我的妹妹，她也有选择的自由，不过没你那么严谨罢了。让她去苏格兰的城堡生活吧，又有什么不可以？”

德加在夏末回到巴黎后，很快就得知阿加特已经同意这门亲事，与凯利的婚期定下来了。他会被邀请吗？没人向他提起。

这段夭折的情史让德加喜忧参半。

尽管他觉得阿加特更像个女中学生，知识泛泛小有才气，但与她长时间交流还是相当愉快的。他真的对她没有欲求吗？不管如何说，还没到公开示爱的地步吧。他唯一的一次壮举是她在摘玫瑰花时，被扎疼了，他去吮她的手指。有好几次，他下床就到花园去找她，想起了他的朋友斯戴法纳·马拉美的诗歌《幻觉》中的一句诗：“这是享受你的初吻的一天”。然而一天天过去了，他始终没有迈出可能决定他终身的一步。

至于忧虑嘛，就是连续好几天，每当他想到这个处女将要投入一个他称之为野人的怀抱，他就痛苦难当。他有时会幻想这对新人在有天盖的喜床上野蛮地做爱，床上的被褥可能曾为这个家族的先人做裹尸布，不过他立即就不去想了。

玛丽·加沙特见他成天愁眉不展，试着用从画室和艺术家的咖啡馆学来的粗话激励他道出实情。她问他是否为钱发愁？她可以提供帮助。他是否有什么心病吗？她可以与他交心。他是否不得不卖掉一幅难以割舍的油画？天哪！多大的事啊……

有许多回，她并非真正喜欢上他了，而是试试他的性欲有多强，为他设下了温柔陷阱。他闻出点什么味儿来了，满腹狐疑，她就恨他这样，最终他也没有上当。她泄气了，并且很苦恼。凭什么？她不比贝尔希·莫里索、艾伦·安德烈或是他宠爱的苏珊·瓦拉东丑啊！

德加不在期间，玛丽·加沙特做了很多工作。巴黎夏天时，那些意气相投的艺术家们都到南方的小海港、诺曼底的巉岩峭壁或是拉克若兹[1]的山谷度假去了。在游客像潮水般地涌来呼吸一座死城的气味之前，很多人都已经退潮而去了。

她花了大部分时间加工她的油画，准备在年初第四届印象派画展上展出，画展地点在歌剧院街二十八号。

与此同时，她着手准备出版一张艺术家的专业报纸，取名为《昼与夜》。德加从诺曼底回来后，被邀请参与这个计划；他早就表示疑虑，说这张报纸很有可能永远不会见到“昼”而呆在漫漫的长“夜”中，但为不使玛丽泄气，他答应

① 法国北部偏僻的牧区。

她不时地与她合作，提供他的素描或单板画。

她问德加是否有玛丽·冯·哥泰姆的消息，她原本在秋初该重新回来摆造型了。他说没有，但不急。他选择了这个模特儿，现在又顿生疑虑，他拿这个素材做什么用呢？像画马那样创作一张油画，一张色粉画还是一尊雕塑？他自己也不清楚。也许他最终会放弃。

他每星期有两三次要与贝尔希在他的画室见面，但更经常的是在巴蒂尼奥勒大街的拉杜伊勒老爹酒吧交流思想，在空荡荡的首都排解孤独。天气好的时候，他俩会坐在平台上，喝一瓶白葡萄酒。

这个酒吧与新雅典酒吧或盖尔布瓦咖啡馆一样，已经成为印象派画家会面的一个场所，从某种程度上说，是他们的一个圣殿了。

这家酒吧的历史与巴黎的历史紧紧相连，同样不同凡响。1814 年，联军围困巴黎，在皇帝[①]投降之前不久，高纳格里奥公爵、德·蒙西元帅[②]把他的总部设在这家小酒店里。人们相传，拉杜伊勒老爹向最后一些抵抗者说："我的孩子们，免费吃吧喝吧。什么都不要留给敌人……"

马奈曾在一幅油画上再现了这家人的后代和另一个女人，背景是绿色植物和高脚灯台。这个家庭本身就具有收藏价值。

---

① 1814 年联军侵占巴黎，拿破仑一世退位，被拘留在赫尔伯岛。
② 德·蒙西（1754－1842），1814 年率军保卫巴黎失败。

爱德蒙·龚古尔在他的日记里曾写道："啊！这家历史悠久的老酒吧，他的过时的孩子们和那些仿佛在吃白食的食客们……"

夏末，大街上重新恢复了生气。这天，送进德加耳边的只有外国食客哧哧的谈话声、马车的嘎嘎声、柴油发动的公共车的轰鸣声，和在栗树间穿越的大风的呼号声。

他的眼睛半睁半闭，目光却停留在玛丽的脸上，她的脸上闪着汗珠，神态显得很忧郁。他突然想到，倘若萨比娜哪天休假，她一丝不挂地躺在他的画室的沙发上会是什么模样。

难道是暴风雨将至前温润的空气，是酒精的作用，还是虚无空幻的氛围所致？总之，他感到情欲难耐。

他最近一次去夏巴奈时，一座豪华的妓院刚刚开张，就开在夏巴奈街12号。之前，他还没与任何女人亲热过。他给那里的小姐画了几张素描后，征得鸨母的同意，选定了一个新从新奥尔良引进的黑人小姑娘，因为这个女孩使他想起了他年轻时黑人女仆的形象、加任法语[①]的语调和气味。

此后，德加再也没有接触过女人。他原本与萨比娜可以亲热几次的，但她不是拒绝在他面前裸身，就是拥抱时憋气放弃了；再说，与女仆谈情说爱也使他疑虑重重。太麻烦啦，

① 美国路易斯安那州操法语的人。

女仆做情妇后有可能很快以情妇为主，仆人为次了。

玛丽在德加的膝上猛击一掌，说道：

“喂，同志，您不会睡着吧？是热昏了头呢还是我使您厌烦了？”

“热气和光线都不理想，”他说道，“我们干了最后一瓶走吧。在我家还舒服些呢。家里清凉些，光线也不这么刺眼。”

“行！”她叹口气说道，“但别走着去，以免太阳暴晒。我去叫辆马车。”

德加的画室拉上窗帘，室内半明半暗，十分宜人。玛丽松开短裙，脱下鞋子，四肢放松，在沙发上躺下，像死了似的。

“我去煮咖啡，”德加说道，“萨比娜大概在午睡，我不去叫醒她了。您自便吧，就像在自己家里一样。”

她笑着答道：

“在自己家里？埃德加，在这大雨天气，我可是裸身的。”

“那好，就这么做……”

他从厨房返回时，看见玛丽脱去上衣，仅穿了一件无袖衬衣；她把帽子脱了，蜷曲的头发一直披到胸前。他的心突突地跳，抖抖颤颤地把托盘放在独脚小圆桌上，差点儿掉在地上。

“玛丽……”他嗫嚅着说道，“啊，玛丽……”

“怎么啦，我打搅您了？别这样嘛。我应该把衣服再穿上吗?”

“不！什么也别做。您……您很刺激。”

“那您就别放过嘛，不过我得告诉您：我摆造型的价码提高了，但今天一杯咖啡就够了。”

他去找画板，画笔盒，然后斟酌再三，开始构图。他更希望她把身上仅剩的内衣脱掉，但又不敢提，等她自己去做。他自身发生了变化，起始的肉欲被美感所替代。

他边画边喃喃自语：

“我的上帝啊……这副肩膀，隐隐约约的锁骨，还有耳环……请把脸向右移一些，再向右。行了，太好了……”

草图画完，他俩无声无息地喝着冰凉的咖啡。喝完最后一口，她起身穿上衣服，用嘲讽的口吻对他说道：

“谢谢您的接待，德加先生。做您的模特儿我感到很荣幸，但请别让其他人认出我，否则会议论纷纷……”

她的口音里既带着厌恶又带着刺儿。

玛丽·冯·哥泰姆在整个夏天都没去德加家摆造型，要到秋初再开始。

德加有足够的时间反省自己选择这个小女孩是否做对了。他反复想到：“我用她做什么？谁会对她感兴趣？”他以昆虫学家的工作态度，仔细地把这个人体一部分一部分地分解了，面前的这堆草稿像拼图游戏的散件，他不知如何处理。

他想过画一幅肖像油画，但他放弃了；那么画色粉画如何？花每星期六个法郎的代价（相当于巴黎最昂贵的饭店一瓶大香槟酒的价格）换来这堆草图似乎太不上算了。

玛丽·加沙特问他打算把这个工作进行到哪一步时，他仿佛被戳到痛处，嗫嚅地说道：

“造了四次型，我心中还没底，这个女孩啊，真是活见鬼！刚起了个头就没了主意，您难道没有这种时候吗？”

“这种情况比您想象的要多得多。但您有丰富的经验，这就难以理解了。这个女孩是怎么回事，居然能先俘获您的心，后又让您失望？我真想见见她。”

“悉听尊便，但我担心您会失望的。”

“行，再说吧。”

玛丽·加沙特并不向德加隐瞒她的失望，说道：

“我也不想追问下去了。像她那样做小情人的料子，芭蕾舞团的候补演员多得去了，何必找她？您画过许多健壮的洗衣妇或是窑子里的小娃娃，您把她们与她做过对比吗？她如讨人喜欢，身材优美倒也罢了……但她还没成形，而且一点也没有出落成大美人的身架。”

她带着嘲讽的微笑又补充说道：

“别对我说，您与她在一起感到好玩，从她身上能找到特别之处，您像医生似的在研究……”

《咖啡厅音乐会的歌手》 1884 色粉

《舞台上的明星》　　1876—1877　色粉

德加听不下去了，指着门，咆哮道：

“您心里真的是这么想的，那么就滚出去，再也别来了。”

她在他的脸颊上吻了两下，笑着说道：

“行啦，大傻瓜，别生气啦。开开玩笑罢了，您该明白。您与这个小女孩……怎么想象得出……”

“我觉得您对她太苛求了，玛丽；不过这种苛求倒引起我的思索。您提到对比是吗？没错。我画过许多洗衣妇、窑姐，这是日常的真实写照。我想让这个女孩显得特殊些，充满神秘感。”

“我看不出在她身上会有什么神秘感。”

“可我看出来了。这是一个小精灵，我要抓住她瞬间的形象。她不说出来的东西，不等于她没意识到，那就由我表现出来。”

“有点儿类似达·芬奇的《最后的微笑》？”

“这个比喻很讨人喜欢，我把专有权让给您。天哪，我这就朝这个方向努力！您把我逼到绝境，我还得感谢您。事实明摆着，这将是……将是一尊塑像。我甚至已经为它取了一个名字：《十四岁的小舞女》，如何？”

“哈，不怎样。我倒喜欢取名为《饥馑》，一个穿着舞服、食不果腹的女孩形象，有什么不行呢？”

“别开玩笑了，玛丽。这个可怜的女孩并非如此。”

他向她承认，他思索这部作品已有些日子了。他甚至粗粗地做了几尊泥塑，相当满意。

“我如继续做下去，我打算用蜡塑。玛丽将穿着芭蕾舞服，真正的全套装束：短裙，无吊带胸罩和软底鞋……”

“是个大胆的设想，总之，您可以先试试。先把您的草图给我瞧瞧如何?”

他选了三张：一些杂技动作、平衡静态和伸展四肢的姿势……

“嗨……没什么大不了的，只是有些力度，很真实，比较结实，看起来像只剥了皮的兔子。”

“我想到了脸部表情，但尚不清楚她的身体呈现什么姿态。她还得做多次造型才能决定。这么说吧，玛丽：从未有过一件作品让我花费如此之大的精力。我不后悔，因为这件工作的意义已经超越我与她之上了。”

一段时间，德加画肖像的订单挺多，他决定推迟玛丽摆造型的时间，这下玛丽·冯·哥泰姆太太不干了：

“我们还指望这笔钱呢，德加先生。安托瓦内特生病了，您知道看病、药费有多贵吗!”

她简直是在对牛弹琴。这番苦经丝毫没触动他。她可以再加上几滴眼泪，但也不会起多大作用的。要么干下去，要么走人。

“您要把玛丽打发走吗？这可怜的女孩会伤心的。”

“现在不会辞退她，可谁知道呢？”

她要求看看已完成的作品，他就把粘土草稿给她看，她怪叫道：

“我的女儿成了这个鬼样子吗，您在开玩笑吧，德加先生！我简直认不出她了。您如把这个东西展出，我就起诉您；要不……”

“怎么样，请说。”

“要不是报酬问题……要加报酬。”

“门也没有！我已经买下了玛丽肖像作品的版权，并且以我的方式表现；不管您高兴与否，我无需征得您的同意。我从未答应您画一幅普通的肖像……”

德加希望把玛丽摆造型的时间拉长，半个月见他的模特儿一次。一月份再次摆造型时，他看见玛丽还带着安托瓦内特，感到十分惊讶。安托瓦内特病愈后，她的母亲放心了，是流感……

“您允许的话，”老大说道，“我希望能看妹妹摆造型，不动也不说，乖乖的。”

“我不习惯这样。算了，破一次例吧，但不要多话。只有我一个人说了算，我只有在安静的场合才能聚精会神地工作。”

他让安托瓦内特坐在画室里端的藤椅上，扔给她一摞带插图的杂志。在整个画画期间，她一动不动，只是偶尔在窗洞前抽一支烟，看着街上车辆穿行。

德加不时向她看上一眼，她也报以一个微笑。她是弗拉芒女人，脸庞宽大，她还在脸上仔细地敷上了粉；她长着一对像母鹿般的紫蓝色的大眼睛，上身穿着紧身服，更显出胸脯肥大；她虽刚过十八岁，看起来已经是个成熟的女人了。

安托瓦内特也许能做个模特儿？再说吧。

德加认定已开出的每小时的价码，坚持每次只画两到三个小时，而不是四个小时，小家伙接受不了了。

一月初的一次造型结束之后，德加邀请姐妹俩去厨房喝一杯巧克力。

“让玛丽单独去吧，德加先生，”安托瓦内特说道，“如果不妨碍您的话，我得与您谈谈。”

“请，但请快说，我马上另有约会。”

他请她在沙发上坐下，请她抽一根哈瓦那雪茄，她接受了。他宁可抽烟斗，这是他画室的伴侣。他俩默默享受了第一口烟。

“请说，”他说道，“有什么重要的事情急着要对我说？”

“我很喜欢您的画。上星期，我在带插图的《世界报》上看见您的一幅油画的照片：《新奥尔良的香烟店》”

“其实是一家绒店，我的孩子。”

“请原谅！嗨，这幅画是现实主义的，面部的细节很精确……我着迷了……”

他心里在犯嘀咕，她记住了别人对这张照片说的套话，借此来奉承他吧。

“我还在画廊里看见许多肖像画，比真人还要真实……女歌唱家戴雷萨模仿小狗的肖像……莫里索夫人的肖像……萨哈·贝尔哈特的……”

“行啦……行啦……萨哈·贝尔哈特！我不记得画过这个女演员，您混淆了吧……”

“有可能。我不理解的是，您不像莫尔奈先生或是罗雷克先生那样画裸女……”

“您是说莫奈吧？啊，不像。我给妓院的女孩画素描和单板画，只是给我的朋友看看，留了几张用作艺术类书的插图。”

她显得非常惊讶：

“您，德加先生，您也光顾这些地方？”

“怎么啦？我的机体也很正常嘛。”

“这就怪了……我听说您，嗨，您……”

“您想说什么，我的孩子？”

“我听说您不喜欢女人，您单独与您的女佣生活，您没有什么绯闻……”

他像被胡蜂螫了一下似的抽动着，喃喃道：

“传说的话小部分是真实的，大部分是空穴来风。真是的，这关别人什么事，您对这些感兴趣干吗？我的油画上画的都是女人，怎么说我不喜欢女人呢？谁对您胡言乱语的？”

“哦……都是像您这样的艺术家朋友。”

“这些谎话连篇的人太恶劣了，您对他们说是我说的！他们出于嫉妒，坏心眼传播流言蜚语；不过说到底我不在乎。”

他把烟斗放在小圆桌上，目光锐利地盯着她又说道：

“您来给我说这些无聊的废话干吗？难道这就是您替代您的母亲陪您的妹妹来的目的吗，她的身体该与您我一样健康吧？行啦，您得承认，我的画嘛，就像您身上穿的衬衣一样，您是不会在乎的；您所关心的，是我的生活方式，关心我是如何与女人相处的，是吗？您可以照直回答我。”

安托瓦内特的脸红了，在烟灰缸里拧灭了烟头。

“什么也瞒不了您，德加先生。”

“不难猜嘛！还用得着教老猴子做鬼脸吗，您的想法也是一目了然。直截了当地说吧，您希望我做什么？”

她向他追溯到他俩在排练厅的首次见面，那时他正在与她的母亲商谈玛丽的酬金。她当时就被他的魅力，特别是他的才气所吸引（她强调“吸引”两字）。自此，她就时时想到他，以致她对她的妹妹嫉妒不已。

“没错，德加先生，是嫉妒！我俩甚至争吵过。”

“真的吗？您大概也想为我摆造型吗？”

“当然！当然！不加任何条件。就这样，完全凭兴趣。”

“啊，我的姑娘，这好像是一个借口吧。您另有想法，就承认吧。您对我不必忌讳，我说过了。”

她从手提包里抽出一块手绢，往脸上擦眼泪。真的还是假的？

“好的，我说出来。我对您真的有感情，也不是一天的事了。那天您来看我的母亲谈摆造型的条件时，我差点儿就想对您说了。您想起来了吗？”

“嗯，是的。我才不会忘记这件事呢。您的中国睡衣，光着腿……可为什么您不继续引诱我呢？”

“因为……因为我怕做得像个妓女！”

他差点儿说出，她的样子就像个妓女。不过他得承认，那天，她对他还是得体的，倘若只有他俩单独在一起，后果就不好说了……他想起她穿的衣服，还有他从门缝里看见的凌乱的床，她似乎在向他发出一个信号。安托瓦内特是个妓女吗？他琢磨着，不如说是个换男人像换袜子似的轻佻的女人吧。

玛丽从厨房里返回，嘴角上还粘着巧克力，他也正想结束这场闹剧。

“安托瓦内特，”他抓起安托瓦内特的手，放低声音说道，“您对我感兴趣，我很荣幸。我相信，您可以成为我的一个很默契的情妇，优秀的模特儿，但我得坚持我的原则：不与任何女人保持长时间的联系。否则，我的工作会受到影响，而您也会很快没劲的。因此，别再争取我了，我也不会怨您的。”

他把安托瓦内特来访、他的规劝，以及他的婉拒一事说给玛丽·加沙特听了，她认为他做得对；

“您和我，我们属于同一种人；在感情的问题上，我们的想法是一致的：我们不愿意受到束缚。在您的和我的生活里，别人找不到任何把柄。”

他俩志趣相投，关系更加密切了。每个星期，他们在一起要待很长时间，不是参观展览、画廊、画室，就是参加圈里人在咖啡馆或是饭店举行的非正式会议。他们常去卢浮宫看看。玛丽·加沙特扶着小阳伞，仰着头，手上拿着目录，观赏德拉克洛瓦或是热里科[①]的画作时，他给她速写，或是画色粉画。

一天，她带他去为她订做衣帽的店家：

“您知道，帽子是我的服装的主要组成部分，我对此是格外用心的。您喜欢有颜色的布料，加上帽子就全了。我相信，您在那里会获得灵感。”

他不以为然，但还是跟着她去了。他更喜欢洗衣妇和酒吧的女歌手，但为不使他的女友扫兴，做多大的牺牲他也愿意。

---

① 热里科（1791－1824），法国画家，德拉克洛瓦初期受他很大影响。

他刚进店铺，目光就被柜台上、试衣间里杂乱的衣物吸引住了。这家店就像奇花异卉的花园，五彩缤纷，形状各异，让人眼花缭乱。柠檬味、安息香味，加上布料味，高级交际花的香闺也不过如此。

玛丽照着镜子试了一款又一款，用“你”称呼她的衣帽商，通常她只有与熟人说话或是高兴的时候才用昵称。她说道：

“这顶女式小帽如何？不好看吗？我更喜欢这顶带扣带的帽子，比暗红色的那顶强。倘若后面再来一根飘带，就会显得更加娇小玲珑了。”

德加坐在一旁，速写本放在膝上，对她说的话不时耸耸肩或是咕噜几句。他真想冲着她大喊别像夏朗东医院[1]逃跑出来的女疯子似的乱动一气。

“你好像不感兴趣，”她对他说道，“嗨，我也一样。我没找到春天戴的帽子。总之这里的东西不多，走吧。”

临出门前，她挽着他的胳臂又说道：

“你知道女店主刚才对我说什么吗？她说：‘你真走运，夫人，有一个像德加那样的丈夫。通常，男人是不爱陪太太逛商店的……’德加夫人，你想到过没有？我们是多么相配的一对啊……”

---

① 夏朗东是法国著名的精神病院。

这年，巴黎发生了两个重大事件：一个饮食新品种和一项技术新发明问世。

新品种指的是把比利时人种植的一种蔬菜引进法国，在菜场上，人们叫它苦苣；一些大饭店很快就把这种菜写进他们的菜单。新发明指的是建立了电话网。

玛丽·加沙特心情激动地向德加说到了这项发明；德加装作不信，但她坚信不移。她说：

“你知道吗？我们可以在一个街区与另一个街区通话，从巴黎打电话到马赛，再从马赛打电话到伦敦，也许还能从一个大陆打电话到另一个大陆呢！你想象一下嘛，不要急着否定。我拿起话筒，拨一个号，就找到我的父亲了：‘嗨，老爸，费城有什么新闻吗？’我预感到，我在通话上将花上一大笔钱。”

歌剧院街举办的第四届印象派画展获得成功，对德加而言，更是一场胜利。巴黎公众在对印象派持保留态度或是直接表示敌视之后，终于毫不犹疑地进入焕发出异样光彩的新天地，进入这个艺术家们创造出新的主题、形式、色彩的世界。这次展出预示着布格罗[1]、科尔蒙和其他因循守旧的画家

① 布格罗（1825－1905），法国学院派画家。

们的彻底溃败。

有二十八位画家参展，在这些才华横溢画家中，不乏几位天才画家。玛丽·加沙特的画作毁誉参半；她虽不是德加的学生，但受了他很大启发，有人说，她处处模仿他，学习态度非常虔诚。公众对塞尚不买账；后者气得夹着画架，背着画盒，回到了他的普罗旺斯。

艺术家的报纸《昼与夜》的办报计划正付诸实施。德加几经踌躇后决定参与。他甚至写信给他的朋友——画家、雕刻家、装饰家，前骑术教练约瑟夫·布拉克蒙说："应该把全部身心投入到这项事业之中。《昼与夜》有许多事情要定下来，得向我们的股东提交一个规划……"

投资者们拖拖拉拉，以致这项计划坠入"黑夜"，最终不了了之，许多充满人道之举都是这个下场，本意是好的，具体行动就跟不上了。

德加经历了一个困难时期。经济上的压力再次损害了他的健康。自他的弟弟芮内破产之后，他不断要还家庭欠下的债务。他不得不节衣缩食，日常生活受到影响，脾气变得更加暴躁，转而又引起周围人的反感。

他与爱德蒙·马奈之间发生一场争吵，关系弄僵，双方都有错，整个巴黎议论纷纷。

确实，1860 年初，自他俩第一次在卢浮宫相会之后，他们的关系时好时坏，有过友好的交流，热烈的情谊，也有因性格不合而发生争吵。

他们定期见面，听音乐，看展出，出入污秽的场所，在艺术与社会的见解上发生冲突，但还不至于到决裂的地步。他俩是作为印象派画风的两面旗帜闻名于世的，但彼此嫉妒损害了他们的友谊，而他们的不和随着时间推移愈演愈烈。

德加评论马奈时说他“虚荣心远远超过聪明”；而马奈谈到德加时，说他的男性特征值得怀疑，因为他对女人的兴趣只是表现在画笔上。

他俩的关系彻底毁在一幅油画上。德加画的是马奈面无表情地躺卧在沙发上，他的妻子苏珊·林豪夫坐在他前面弹钢琴。

妻子的第一个反应是：

“天哪，我就是这个老巫婆吗？你的朋友埃德加大概不把我丑化到极致誓不罢休。”

她拿出一把剪刀，在油画上大剪一阵，结果她只剩下一半，呆在浅绿鹅黄色的隔板后面。马奈则后悔把一幅水果静物画换来这么一幅该死的油画。

之后不久，德加前去拜访他的这两位朋友，看见他的画被肢解，便大喊大叫，差点儿动手；他取下这幅画，夹在腋下，走了。他回到家中，就把马奈送给他的水果静物画还给他，只是草草地说了一句：“先生，我把李子还给您。”

“李子”将变成他俩失和的起因。马奈把这张静物画又卖给了弗拉尔，弗拉尔问德加这件事情是否会影响他俩之间的友谊。

“请您放心，”德加回答道，“我们之间不会彻底决裂。与这个调皮好玩的绅士在一起，怎么会长时间闹别扭呢？”

马奈对荣誉声名感兴趣，而德加没染上这种虚荣心，他看见马奈的衣扣上别着玫瑰花形胸章时，就会嘲讽他的朋友。斯戴法纳·马拉美，嘴巴做出撒娇的模样，讨好地建议德加与上层权威人士谈谈，让他获得同样的殊荣，他立即把马拉美赶出大门。

1880 年初，马奈生病了。德加一改往日傲慢、暴躁的性格，登门看望他，很担心他从此放下画笔。

马奈在年轻时，一次去巴西旅游，遭遇两次意外，差点儿送了命。当时，他在一个原始森林的边缘散步，被一条毒蛇咬到脚踝，痛苦了很长时间。后来，他被朋友拖进里约热内卢的一家妓院，被一个黑白混血姑娘耍了，染上了梅毒；再往后数年中，这种性病一直困扰着他，照医生的说法，他五十左右，病情将会以另一种形式复发。

马奈与德加这两个天才一直吵吵停停，与德加和玛丽·加沙特的关系如出一辙，不过背景不同，因为他与玛丽有一种说不清道不明的暧昧关系。

玛丽在美洲的交际很广，有许多印象画派的朋友，她介绍了其中几位给巴黎的画商和画廊主人，这些人以高价把他们收藏的画卖给了美洲人。德加总会找出这样那样的借口拒绝出卖他的画，但禁不住引诱，加之他手头紧，这次也破例了。

那天，美国收藏家前来购买他的雕塑作品，谈到玛丽·加沙特时，德加口气不恭，无意中犯了一个错误。玛丽得知德加失言，对他印象坏极了，从此不与他说话。

他俩别扭了很长时间才重修于好，在德加看来，玛丽与马奈一样，同她彻底闹翻是不可想象的。

他俩休战的时间也就像玫瑰花开花落那样短暂。话说那天，玛丽发现德加在未告知她的情况下给她画了一张肖像画，并且是赠送给她的。画面的背景模糊，呈浅棕色，她坐着，手上拿着一副散开的纸牌，神情傻乎乎的像个老姑娘；她立即咆哮如雷。

“您把我画得讨厌死人啦，”她说道，“我拒绝展出这幅画，别人看了还以为我故意摆出这个神态让人画呢。”

她把这幅画卖给了画商杜朗－鲁艾尔，后者又出让给昂布瓦兹·弗拉尔。这回，轮到德加真的生她气了……几个月后，他俩在谈到他们的眼疾时，都说自己的视力下降了，几番交流，双方这才和好如初……

8. 一个 “可怕的事实”

玛丽绝不能动，哪怕眼睛闪一下也不行。她得保持绝对的静态，像雕塑一般。

几个星期以来，德加苦苦追索的姿态，他觉得终于找到了。这个造型是一个休息状态；可以设想玛丽扶着栏杆做练习之后，在重新投入训练之前，疲劳的肌肉、紧张的关节和痛苦的脚尖都放松了。

德加在新剧院舞蹈课上已经观察她好长时间才定下这个姿态的。双脚向外侧平放，右腿向前，仿佛脱离了骨盆，坚定地占有了一定的空间，随时准备再次起跳。双手放在臀部，十指紧扣……整个身体像是在等待又一次飞跃。

上身，从腰部至颈脖，似乎都憋着一股劲。整个人表面上在休息，但透出挑战的神态。

她的脸看上去像个成年人，但事实上她没到这个年龄，时间上有差距，与她这个发育不良的女孩的身体不很吻合。在她身上，疲惫、容忍和神秘并存。她那半开半闭的眼睛仿佛在观察翻飞的蝴蝶。下巴和头颈的线条完美无缺，无任何间隙。栗色的头发扎成发辫，结了一个蝴蝶结，垂落在后背中部，嘴巴无任何表现。

“你可以穿衣服了，”德加说道，“今天就这样，别忘了喝杯巧克力。”

他转向玛丽·加沙特，征求她的意见。

“这个设想有点冒险，但很诱人。你肯定能使之成为一件杰作。我看出……怎么说呢……看见你画的洗衣妇的反面形象。”

“此话怎讲?”

“就是说这个小女孩是这些下层女人的反面。一个丑小鸭变成了乡村节日的玩家。我觉得这个反差体现了同一个用意，即在洗衣妇的俗态和小女孩的神秘之中都表现出肉体的真实。”

“我意识到会引起激烈的批评，尤其是这尊小女孩塑像穿着芭蕾服，短裙，无吊带胸罩，软底鞋，总之是全部家当……无论画天鹅或者鹦鹉，都不能在它们身上少画一根羽毛。我好像已经听见那些学院派学究们的鼓噪声了。这是一场革命，我已经提前为它庆贺了。”

“穿着衣服，有这个必要吗?几个月前，你向我提到这个打算，我以为你在赌气呢。大家会大惊小怪的。”

“让他们大惊小怪吧，我才不在乎呢!”

他又说道，其实他也没有创新。在布尔哥大教堂，有一尊耶稣像，披着真正的长发，戴着真正的荆棘冠冕。赛维勒[①]的贞女和非洲黑人女巫师的小雕像不也如此吗？

“巴黎公众面临一次艺术革命也不是第一遭了。你还记得马奈的《奥林匹亚》、《草地上午餐》，库尔贝[②]的《在奥尔南下葬》，塞尚的《浴女》等等展出时，人们是如何惊呼的吗？也许这将类似《艾尔那尼》[③]引发的一场战斗呢，我已事前享用这场盛餐了。”

一个星期后，玛丽·加沙特又回到德加的画室，她将“粉墨登场”了。他希望玛丽参与这件杰作诞生的全过程，她也不会错过这个机会的。

德加要求玛丽先把衣服脱了，再穿上跳舞时的全部行头。

“先生，我没有钢琴伴奏就跳舞吗？”

“啊不，小傻瓜！你只需像上星期一样摆造型就行了。不过得穿上你的全套舞服。”

德加听从了玛丽·加沙特的建议，准备了一种叫塔拉丹的布，这是一种重浆网状织物，作为衬裙，比薄纱及棉花强。短裙有三条边饰，显出黄色透明效果。无吊带胸罩像船首冲角似的开在下面，压迫着尚未发达的胸部，充分展示出两边

---

① 西班牙一城市，有著名的大教堂和钟楼。

② 库尔贝（1819－1877），法国画家。1871年参与巴黎公社活动，被迫流浪在外。

③ 《艾尔那尼》是法国作家雨果写的一个剧本，演出时引起现场一片混乱，古典主义派与浪漫主义派相争不下。

的瘦肩。丝带在后颈脖处束起长发，用红色的还是绿色的呢，还是红色的吧……

“用乳白色的。”玛丽·加沙特建议道。

“再说吧。”

他俩围着舞蹈女演员转来转去，交叉位置观察，交换看法，就像游客评价萨姆特拉斯的胜利纪念碑①似的。

“嘿，我花了几个星期终于找到想找的东西了。我将在粘土草稿上进行加工，下星期，我就正式进行蜡塑。这种材料会使肉体更加光滑，更能凸显光线的效果，使整座雕塑容光焕发。我希望这件作品具有武器的观赏效果。”

“你准备把它浇铸成铜模吗？”

“现在还没想过。有一点是肯定的，这就是我不会出卖这件作品。我将自己留着，因为我需要它的存在。它总结了我的全部审美要求，出卖它将是对自己的背叛。”

德加又孜孜以求地苦干了几个月，终于完成了这件作品，并且完全符合他的最初的设想。在向公众展示之前，他先让他的几个熟人看，听到的意见五花八门。有的觉得这件作品具有革命意义，崇高而完美；有的却很沮丧，说得较婉转……

---

① 这是希腊爱琴海上的一个岛屿，1863年树碑纪念海军的一次胜利，这座碑现存巴黎卢浮宫。

艾伦·安德烈擦着眼泪，热烈拥抱艺术家。

“我买下了。”弗拉尔说道。

“很遗憾，”德加答道，“它不卖出……”

第六届印象派画展在女修士大街举行，德加的《十四岁的小舞女》也参展了，但并未像他期望的那样，激发起一场《艾尔那尼》式的战斗。它像偶尔坠落的一颗陨星，或是像落在沼泽里的一颗石子，没有震惊巴黎。

约里－卡尔·赫斯曼在《现代艺术》的一文中说道：公众“既迟钝又困惑”，对此不感兴趣；这件作品的“可怕的事实”是让人看了“不舒服”。另一位批评家说这件作品有哗众取宠之嫌，因为作者只是以自己的方式提出了“把天使和魔鬼，纯洁和污秽集中在一个人身上的永恒的主题。”……“让人害怕”。

“难道您打算继续朝这个方向走下去吗？”杜朗－鲁艾勒问道，“譬如说，让一个洗衣妇穿着工作服，让一个吧女去送大杯啤酒，让一个妓女披上浴衣？”

“不，”德加答道，“这件作品是唯一的，也将是唯一的。我很高兴能打开一扇大门，倘若有其他人模仿它，再好不过。我只是对未来眨了一下眼睛。”

“您意识到已经引发一场小小的革命了吗？”

“当然，我希望它能孕育艺术上的另一种观念，一种愈来愈接近真实的观念。”

后来，《小舞女》被陈列在橘园博物馆，但为了防止有人破坏文物，他们还为它特制了一个橱窗。有人在谈论它时，说它是个“木乃伊”，“一只粗俗无礼、不讨人喜欢的洋娃娃”，但大部分参观者什么想法也没有，只是耸耸肩走了。

德加的这段日子过得太艰苦了，他决定七月份去哈莱维在艾特尔塔的家中休息几天。

日照的光线太强，德加很不适应，但他在路德维希和他的儿子达尼埃勒的陪伴下，还是身心愉悦地在诺曼底的这座公馆度过了一些时日，达尼埃勒对德加有着一种近似虔诚的仰慕。

“白垩岩反射出的光灼伤了我的眼睛。我的视力愈来愈令我不安，您是知道的。我将被迫戴上蓝色眼镜，使我看上去像个鬼似的！我有双目失明的危险，到那时，我将关闭我的画室，它就像一座坟墓了。”

“您多虑了！”达尼埃勒不满意地说道，“眼科医生究竟怎么说？”

“这些人是驴！多数医生都如此。他们给我开了眼药，顶个屁用！”

他俩每走几步就停下，捡一枚形状别致的鹅卵石，然后扔进口袋里；到了晚上，他将把口袋里的石头倒在花园的里端。有时他在沙滩上坐几分钟，也就是抽几口烟斗的时间，一边看着海鸟贴近波浪翻飞。

“应该说这风景的确很美……”他说道，“库尔贝著名的《海浪》名不虚传。我还同时想起布丹、布拉加瓦勒，以及其他几位本省的画家。但又什么办法呢？我不喜欢大自然。别人喜欢、赞美它的一切，可它给了我们什么？它不认识我们，瞧不起我们……”

他是个不知疲倦的步行者，喜爱横穿田野，一走就是几公里，他联想到了莫泊桑。他一天不工作就浑身不舒服，所以把画具也带来了；从他卧室的窗口望去，可以看见银光闪闪的豪雨敲打着风景如画的田野，噼啪作响。

在巴黎，人们仍在议论着他和他的《小舞女》，褒贬都有。有时，有人不禁会琢磨艺术家的动机何在。他说他才不在乎呢，但仍然每天看报留意别人怎么说。

他说过，除了伊斯马斯[①]，其他耍笔杆的什么都不懂。也许懂行的还有左拉吧，他在他的艺术评论里常常让我受宠若惊。我记得他在评论我的《洗衣妇》时说过的话：“非同寻常的真实，伟大而壮美的艺术真实，把一切都简化又放大了……”他会如何评价我的《小舞女》呢？我真希望尽快知道。至于其他人嘛，哼！他们迟早会接受的。今天指责我的

① 伊斯马斯（1848－1907），法国作家。他的写作风格由自然主义转为基督教神秘主义。

人，明天就会赞同我……

他很担心大多数的评论家只是在他的《小舞女》中看到了一个穿着芭蕾舞服的娃娃。

一天晚上在一旺炉火前聊天时，他抽着烟斗，带着了然于心的神情对他们说道：

“我的理解是，艺术倘若只表现出形状美和色彩，那就毫无意义，或者很有限。它的价值在于在具体的真实而外，启示人们去发现探求它所隐藏的内涵；艺术如不使人们产生寻幽探秘的冲动，就不成其为艺术。”

9. 布瓦雷先生的醉虾

玛尔斯兰·戴斯布丹端坐在沙发椅上，用拇指把凹凸不平的毡帽往后脑勺一推，像往枪膛装子弹似的，认真耐心地把烟丝填进他的烟斗。他手上带的翡翠戒指是他的辉煌的意大利家族的珍贵遗物，在他点燃打火机的当儿，戒指在阴暗的画室里熠熠生辉。

“这个小女孩，”他说道，“也就是《小舞女》里的模特儿，她的名字太别扭了，叫什么玛丽……”

“玛丽·冯·哥泰姆。”

“对。作者在文章里时常把她的名字搞错，以致我的拉丁文都不够用了。她现在怎样？你有她的消息吗？”

“她的母亲有时有事来访，间或知道一点。她坚持我画裸女时再用玛丽做我的模特儿，可是，小家伙虽然在《小舞女》的雕塑中做模特儿合适，但做裸女的模特儿似乎太瘦了点，即便她的胸部和臀部饱满了也不行。也许在几年之后，她充分发育了可以。再说，她的姐姐安托瓦内特……”

“这个女孩嘛，我认识。她借口认识你，与我纠缠不清。”

“真是厚脸皮！你可放心，我从未对她有所不轨……”

“我明白。我把她打发到她的舅舅叔叔那儿去，我指的是她的保护人。她的名声不好，所以说嘛，别与这个娼妓发生什么瓜葛。”

玛丽时不时地往德加家里跑，起初与她的母亲同来，后来自个来。她什么也没对他说，也没赖着不走；她在时，德加照干他的活儿，有时座架上还坐着裸体模特儿。

德加也不问她来做什么。玛丽不敲门就擅自进入他的画室，像约定俗成似的，不经同意就打开巧克力盒子大吃一通，她知道放盒子的柜子在什么地方。她吃完就往沙发上一坐翻阅带画的杂志。德加对私生活是坚持原则的，对她倒网开一面，容忍她的亲昵之举，连眉也不皱一下。他很快就明白了，玛丽就像那些在寻找第二故乡的流亡者那样，她似乎把德加的家当成她的第二个家了。

他接受她不请自到之举，但对她还是提防着。

“玛丽很快就要满十七岁了，你明白吗。”他对玛丽·加沙特说道，“再过两年，她将成为一个真正的女人。我担心她会像安托瓦内特那样对待我。直到现在，她一直把我看成是她的父亲，可她的态度是会变的。现在，我还能掌控她，走出家门就不好说了！我会感到遗憾的。你明白吗，这个小家伙，我已经习惯与她相处了，我照看着她，要说她有什么暧昧意图，那纯粹是胡说八道!”

玛丽不久前已成为歌剧院芭蕾舞团的三级演员，介于角色演员与群众演员之间的替补的位置。《小舞女》使她一举成名，加之许多文章上都提到她，这些都对她的升迁不无益处，在艺术家看来，她也确实很可爱。

安托瓦内特在歌剧院时隐时现，前途不容乐观。她的舞蹈天分大家都是认可的，但她不受管束，凡事马马虎虎、傲慢无礼，又使她大打折扣。大剧院院长福考尔贝先生对德加抱怨说，他不得不多次让她停职，对她罚款，但都无济于事。她在排练和演出之外，生活无节制，使她的前程大受影响，否则，即使不能把她培养成一个明星，至少也是一株好苗子。

反之，夏洛特，即三姐妹中最小的，通过她的勤奋，遵守纪律，加之先天优势，倒是很让人看好的。

玛丽·冯·哥泰姆太太来德加家的次数确实愈来愈少了，要来就是叹苦经，其实她的几个女儿有薪金，加上她打杂的报酬及大女儿的额外收入，家庭生活已大大改善了。德加对她的埋怨无动于衷，她总是碰一鼻子灰。

德加在歌剧院始终订了一个包厢，每星期去一两次。他特别对芭蕾感兴趣。有时也去后台，夹在穿黑礼服的大人先生之中，在学舞蹈的小姑娘和跳四对舞的演员中间画速写。

人们给他一个“舞女画家”的称号，他欣然接受。

“要打听玛丽的消息吗，我可以告诉你，”戴斯布丹说道，“不过我担心你听了会不高兴的。”

“说说看嘛。”

“上个星期，我找我的朋友罗道尔夫·萨利，他刚刚在蒙马特高地开了一家黑猫酒吧，那里聚集着艺术界、文学界、演出界和中产阶级的人士，也有像是专为她们的女儿寻找护花使者的做妈妈的女人。”

“你想告诉我什么呢？”

“你想想，我看见那个叫什么冯太太的在她的女儿陪伴下也在那里时，有多惊讶吗？”

“安托瓦内特？我不感到惊讶。”

“不是的。安托瓦内特是老去那些地方的，我说的是你的小舞女。”

“玛丽？玛丽在那里……”

“请注意别混淆了！黑猫酒吧不像死耗子酒吧或是灰鹦鹉酒吧，那里做妈妈的是在替她们的女儿做交易。”

德加像遭五雷轰顶似的跌坐在他的沙发椅上，喃喃自语道：

“玛丽还不到十七岁啊，就被她的母亲介绍去卖淫了……真不敢相信……”

“我知道蒙马特所有这类地方，见过更糟的呢！十到十二岁的小女孩，有时也有小男孩，他们被他们的母亲出租给一些老家伙。你在歌剧院后台也见过这种交易吧，当然要文明些。”

德加似乎已经听不进去了。他的目光茫然，自言自语重复道：“玛丽……才十七岁啊……”看他那样子，好像他受到背叛似的。在他的思想中，玛丽还是个处女，只要在他作为艺术家的看护之下，她总是个处女。德加并没意识到玛丽长大了，事实上她成熟得很快；她已经少了童稚与青涩，出脱成一个花样年华的少女了。他没意识到在玛丽身上发生的变化：嗓门变粗了，腰围变大了，阴阜上长了细细的阴毛。由此可以设想，她的所作所为是可能像个成年女性那样……

他又回想起过去的几个月中出现过的情景。他确实发现玛丽在脱衣服或在颈脖扎丝巾时，眼神和微笑都带点儿暧昧，并且喜欢在身上洒香水了；在他要求她摆出性感的姿势时她也变得无所谓了，只是他没在意罢了……

他还是不敢相信，伴随玛丽·冯·哥泰姆太太去黑猫酒吧的就是她！

“我最初也不相信，”戴斯布丹说道，“但萨利一再肯定。他在画展上看见你的那个小舞女之后，更是一口咬定了。他甚至向我保证说，他已经不是第一次看见她们母女俩了，而且她们的交易做得不错，因为这一类少女很受老家伙的青睐的。我说了你就更生气了，一天晚上，我亲眼看见玛丽跟着一个军人走了，好像是龙骑兵或是轻骑兵的一个尉官……”

他又补充道：

“还有一个细节你听了更会跳起来……我听见母亲对那个军官说：‘我的女儿出名了，她给德加先生当《小舞女》的模特儿……’”

德加的双手重重地落在扶手上，起身时撞翻了小圆桌；他靠在窗前，像只老熊似的嘟囔着：

“他妈的！看我做的傻事！真是傻到家了！换了其他人说出来，我还真不会相信。玛丽……玛丽……多么无辜的孩子。”

“可别对我说你嫉妒了；她与你……”

他咆哮如雷：

“绝无可能，你听见吗！我从未碰过这个小女孩一根汗毛。我甚至从未有过这个念头。我不允许你有任何怀疑。我从未吻过我的模特儿，像你一样，走进你的画室的模特儿，你也不会碰她们的。”

“你夸大了。我碰过的，不过今天没有。我不会再有模特儿。没有办法……”

德加向他走近去，坐在扶手椅上，声音突然变得温和起来，对他说道：

“你知道吗，对我来说，玛丽不是一般的模特儿，我们之间有一种默契，尽管这个可怜的孩子自己也没意识到。我觉得与她融合在一起了，我担负了一个使命，就是当帷幕拉开，她将面对要求苛刻的观众时，她作为一个舞蹈演员所表现出的一切，在我的画室也要表现出来，有点像画家在画廊挂上他的油画时的那种感觉——有点儿忐忑不安。我相信，玛丽在摆造型时，想到了塔格里奥尼[1]、格里西[2]和芬尼·艾尔斯莱[3]的辉煌职业生涯……这个天真的女孩不懂得什么，但她记住了这些人的名字。”

德加又说道：

“那么安托瓦内特呢，你在黑猫酒吧或在别处见过她吗？”

“没有。有些日子没见她了，她坐牢了。”

安托瓦内特被关进圣-拉扎尔女子监狱一事要追溯到几个星期前。

安托瓦内特·冯·哥泰姆是比加勒和蒙马特一带两家客人光顾最多的妓院——死耗子酒吧和殉教者酒吧的常客。她的母亲自她成年后就带她去那里拉客了。

那两家酒吧的客人鱼龙混杂，一个个都神秘兮兮的，有搞艺术的，模特儿，轻浮的年轻女人，歹徒，拉皮条的，有时

---

① 塔格里奥尼（1804-1884），意大利著名女舞蹈演员。

② 格里西（1805-1840），意大利著名女歌唱家。

③ 芬尼·艾尔斯莱（1810-1884），奥地利著名女舞蹈家。

也有记者。有些美国人和英国人也光顾那里，老板以高价向他们出卖苏格兰威士忌和美国威士忌。德加有时与几个画家朋友和他们的模特儿也在那儿消磨一个夜晚。达尼埃勒·哈雷维在一本回忆录中曾经写道："德加喜欢看热闹，看私下交易，看那些打扮得花枝招展的郊区女孩，听我的父亲在歌剧院内室谈话，听左拉的朋友们在死耗子酒吧闲扯……"

在戴斯布丹向德加说起这件事情之前，报刊已经把安托瓦内特坐牢一事闹得沸沸扬扬了。

九月的一个晚上，安托瓦内特自个儿坐在死耗子酒吧的平台上喝苦艾酒，对面就是比加勒的大喷泉池。她突然觉得有一个体面人打量她，此人站在人行道上，仿佛在等空位。他冲着安托瓦内特笑笑，后者也报以一笑。他脱帽向她致意，她向他指指她身旁刚刚空出的座位。

"我看出您喜欢苦艾酒，"他坐下说道，"不来杯香槟吗？"

"天哪，先生，您正投我所好……"

"您也是……小姐，请问芳名……"

"安托瓦内特，先生，您呢……"

"布瓦雷，埃米尔·布瓦雷。我能知道您干什么吗？我指的是在日常生活中。"

"我在歌剧院跳舞。您呢，先生？"

他干咳了一声说道：

“我的生活肯定没有您的精彩。靠遗产的利息，炒点股票，单身，生活单调……不过今天我在秘鲁的肥料股上赚了一把，所以我心想该出去庆贺一下。您愿意陪伴我吗？倘若您有空，我想请您吃夜宵。”

“我像空气一样自由，很乐意。”

这个炒股的单身汉四十岁左右，像个要面子的小资产者，但并不张扬。他戴着一副大大的眼镜，额头上横着一绺头发，以掩饰日渐光秃的脑袋。他的声音虽说有些做作，但柔和悦耳。

酒吧的平台上人声鼎沸，香槟酒的质量上佳。在马路的另一头，一群原籍意大利的模特儿背对喷泉，合唱那不勒斯歌曲，往行人身上泼洒圣水。在酒吧里，在兴奋的人群中，一个系着大领带的诗人以舞台的动作，朗诵着他的诗作。一个酒鬼在付账时猛敲桌子，服务生不得不把他撵出去。

一个卖金属圈的女小贩在他俩面前站定。布瓦雷先生买了一枚送给安托瓦内特，后者答应留着它作为这天晚上邂逅的纪念品。

“今天我在股票市场太激动了，现在有点饿了。”他说道。

“您赚到大钱了吗，布瓦雷先生？”

“天哪，可以这么说吧。我们私下说，在几天之内，我的股票猛涨。我一天的入账就达七百法郎。”

《蓝衣舞者》 1898 色粉

《盆浴》　　1886　色粉

他把手放在胸前放皮夹的一侧，笑着说道：

“安托瓦内特小姐，倘若我受到攻击，我当然会用我的手杖自卫，但仍请您保护我……我们不妨在这里吃夜宵……周围气氛活跃，现在时间尚早，我们如要待在隔间里，现在就得预订。”

她告诉他说，死耗子酒吧不像银塔饭店，不供应夜宵，也没有隔间。不过，老板可以与隔壁经营饭店的人打交道，请他让出一个包厢用情侣餐。

“都无所谓，只要我们能单独在一起聊天，没有第三者干扰就行。您想吃什么呢?”

“那家饭店的特色菜是白葡萄酒醉虾。我永远吃不够。”

“那就吃醉虾去！我并不常常有时间品味美食。其他菜再说……”

安托瓦内特对这些地方的熟悉程度不亚于自己的家。她把布瓦雷先生带到餐厅里端，对认识她的人的大惊小呼只当没听见。窄小的房间有一盏冒着烟雾的老汽灯，放出惨淡的灯光，与情人约会的氛围很不协调。房间里只有一张长方桌子，两把草垫椅子，一张破旧的长沙发，四角露出发鬃，一个帘子后面还有一个衣架，布瓦雷先生挂上他的外套，让自己更放松些。

他俩饱食醉虾和烤螺肉片。布瓦雷先生又要了两瓶别的饮料。谈话十分融洽。他向她说到了他在朋塔穆松[①]的童年生活，他双亲亡故后是如何来到巴黎的，他对股票产生了浓烈的兴趣，嗅觉还挺灵敏。她向他说到了歌剧院、芭蕾舞团，她的最近的一次演出，在梅耶贝尔的《魔鬼罗贝尔》[②] 一剧中担任修道院女院长的角色。他答应前去为她捧场。

“到时我用我的手帕向您打招呼，”他开玩笑似的说道，“我以前从未去过歌剧院，但为您破例。我喜欢看奥芬巴赫[③]的轻喜剧，至少看了很开心的。”

他俩吃完了果酱蛋糕之后结束了夜宵。

“倘若您愿意，”他说道，“到我家喝一杯咖啡和饮料，离这里不远，在喷泉修道院街上。我对土耳其咖啡有偏好，我家的陈年老朗姆酒也不错。”

她请他允许自己离开一会儿重新化妆。正在他拿出手帕擦眼镜，准备看账单的当儿，她掀开帘子，把手伸向布瓦雷先生的上衣，然后匆匆离开大厅，融入夜晚的人群当中。

在结账时，布瓦雷先生在上衣口袋里找钱包，发现不见了。他找到老板，问他是否看见安托瓦内特小姐走过。

---

① 法国南锡周边的一个小镇。
② 梅耶贝尔（1791－1864），生活在巴黎的德国音乐家，《魔鬼罗贝尔》是他的代表作。
③ 奥芬巴赫（1819－1880），德国著名作曲家。

“她刚出门……”

“也带走了我的钱包……我又如何能结账呢?”

“哦，这是您自己的事了。您得给我二十个法郎，本店不赊账。”

“您至少得告诉我，我如何才能找到那个小偷。她是您的一个常客，是她亲口说的。”

“东方街九号。您不会是这个女骗子的同谋吧，我让人陪您去吧。我已经上过一次当了。”

安托瓦内特住的那个套间似乎空无一人，因为没人回应。布瓦雷先生向门房打听，得知玛丽·冯·哥泰姆太太刚刚同她的几个女儿出门。

“事情紧急!”他哀求道，“您知道我去哪儿能找到她们吗?”

门房不知道。她能说的，就是她们带着行李箱走的，好像去赶火车。

布瓦雷先生回到死耗子酒吧，只得用他的带链的金表和父亲留下的领带别针作抵押，说明天再来结账。临走前向酒吧老板撂下了一句话：

“先生，您该更加注意您的顾客。”

“而您，先生，您也该更加谨慎挑选您的伴侣。”

这个案子原本也再平常不过了，哪知此刻在死耗子酒吧的大厅里还有一个《费加罗报》的记者，他听见受害人与老板之间的对话，得知女偷的真实身份。安托瓦内特·冯·哥泰姆，不就是德加的模特儿的姐姐吗？他决定把这条消息在下一期报纸上刊出。

警方把布瓦雷先生的陈说记录在案，确定那几个女逃跑者在北方火车站的站台上。她们一行在罗萨莉·冯·哥泰姆婶婶家住了一夜，等待去布鲁塞尔的火车躲一两个星期，让风头过去再说。

戴斯布丹把这件事告诉德加，后者惊呼道：

“真是的，她们去布鲁塞尔干什么？安托瓦内特躲在她的婶婶家还安全些呢。过了一阵子，她可以用她偷来的钱过上几天好日子呢……”

一个星期后，塞纳河区第十一轻罪法庭审判这起在报刊引起轰动的事件，安托瓦内特面无表情地出庭了。她被宣判在圣－拉扎尔监狱蹲三个月牢。她的母亲无罪释放。

“嗨，亲爱的，我不是对您说过吗，不过如此。其实她的母亲应与她的女儿同罪，至少作为拉皮条的是同谋吧。这个坏东西……”

安托瓦内特从监狱放出来之后，经过一番争议，又重新回到芭蕾舞团。她发誓改过自新，努力上进。

这件事过后几个月，德加看见安托瓦内特在歌剧舞台上演出爱杜阿尔·拉罗[1]的芭蕾舞《纳姆娜》，感到非常惊讶，这出舞剧原本是由刚从圣彼得堡下船的玛丽乌斯·佩季帕[2]搬上舞台的。安托瓦内特在《奴隶的舞蹈》一场中与她的妹妹夏洛特共同出现在舞台上。

三天后，一位穿着雅致的少女敲响了德加的家门。德加透过对方的面纱认出玛丽后，差点儿跌倒在地上。她像大户出身的千金在造访她的老姨妈呢。

"你……哦，您……"他嗫嚅道。

"我希望我没有在您工作时打扰您。"她说道。

"你没打扰，请进。"

她请他允许她坐下，选中一张她以前摆造型时常坐的沙发椅，取下她的纱巾。他俩最后一次会面还是几个月以前的事情。在这段时间里，她的变化惊人。她已不再是少言寡语、羞怯的小姑娘，而是一个成熟的女人了。

德加建议她喝一杯热巧克力时，她想起了萨比娜的巧克力；她说她喜爱喝茶，而后请求允许她抽烟。

"当然可以，你不想抽小雪茄吗？"他问道。

---

① 爱杜阿尔·拉罗（1823－1892），法国作曲家。《纳姆娜》是他的代表作之一。
② 玛丽乌斯·佩季帕（1822－1910），法国舞蹈家。俄国芭蕾舞学派创始人之一，曾与伊万诺娃合作共同创作了《天鹅湖》。

“谢谢。我偏好英国香烟。说真的，我抽得很少，我的工作不便多抽。”

克洛蒂尔德是他的新女管家，此刻不在，他去厨房亲自准备茶，连着糕点一起递给玛丽，然后问她，她是否满意眼下的工作，是否能专心跳舞而不用去赚其他外快。她点燃香烟笑着说道：

“外快？您大概想知道我是否像安托瓦内特一样在卖淫吧？啊不！这并不容易。我得向我的母亲斗，我坚持原则。她想把我交给夏巴奈的妓院女老板，太可怕了！”

他知道她在说谎，但由她说去。他问她与她的两个姐妹在她们的母亲管束下如何生活。玛丽每年挣九百法郎，加上奖金和替补的外快，不算少，但也不是什么大钱，她家所有工资加起来，不够维持生活。

“也许我在某场芭蕾演出时能看见你吧，但我的目力坏透了，认不出你了；但我能清楚地认出安托瓦内特在《纳姆娜》一剧中的形象。告诉我，你最近在什么芭蕾剧中演出呢？”

玛丽突然有些激动，脸上红扑扑的，向他说到了《拉克里加纳》，说到了夏尔·玛丽·维道尔[1]，此人是原籍匈牙利的管风琴作曲家，根据诗人弗朗索瓦·科贝[2]和路易·梅兰

---

① 夏尔·玛丽·维道尔（1844－1937），法国著名管风琴演奏家，创作过一些交响乐。

② 弗朗索瓦·科贝（1842－1908），法国著名抒情诗人。

特[1]的作品写了一些音乐剧。她在里面扮演一个农妇，而夏洛特扮演英国传说中的一个人物。她也排练了夏尔·古诺[2]的轻喜剧《扎姆拉的部落》，在剧中她穿着奴隶的长裙跳舞。

“我喜欢这个工作，”她又说道，“尽管我没有我妹妹有才华，也没有我姐姐漂亮。夏洛特是我们三个人中间最有天分的。在另一部芭蕾舞剧《梦幻》中，她竟然连续击脚跳五次。”

她对他讲述了一件事。一天，夏洛特举着一份报纸，冲进位于东方街的家，大声喊道：“妈妈！安托瓦内特！玛丽！有人在《事件报》提到我，还有我的照片。你们看哪！这是我……文章是这么说的：‘这个女孩热情似火，跳舞……’”

“没错，德加先生，我的妹妹值得赞扬，不过我得向您透露一个秘密：写这篇文章的记者是安托瓦内特的朋友。”

玛丽起身，手上拿着杯子，嘴里叼着香烟，迈向德加放尚未完工的粘土雕塑的工作室里端，掀开了罩在雕塑上的罩布。德加跟随其后，一把搂住她的胳臂。

“留下多少回忆啊，玛丽！你辛苦了多少时间，而我一再

---

① 路易·梅兰特（1828－1887），法国著名舞蹈家和舞蹈设计家。

② 夏尔·古诺（1818－1893），法国著名作曲家，创作过《浮士德》、《罗密欧与朱丽叶》等经典名著。

修改……我没呵护你，是吗？我苛求你时，我有时会觉得你要发作了，像只野猫似的跳到我的脸上抓我。你能原谅我吗？”

她又恢复了她童稚的嗓音，亲昵地说道：

“啊，当然，先生。我巧克力吃得过瘾啊。”

她一口气把茶杯里的茶喝完了，在烟灰缸里捻灭了烟头，在粘雕雏形上抚摸着。

“如果他们知道这尊雕塑花费您多大心血，我又有多累，他们的批评就不会如此不近人情了。”她说道，“每次我看见您在塑雕时，神情严肃可怕，好像在生我的气，也许在生自己的气，我就十分同情您。我不知道您哪来那么大的劲，您常常对我吼叫：‘妈的，别再动了！头抬高些！肩膀收一些，就像你要起飞的样子！’”

她说话时的嗓门很大，他不禁哈哈大笑。

“我记得，记得……我有时确实让你受不了，事后又有些后悔，但这都是为了做出一件像样的事情嘛。看来需要重塑，我会重新来过。这件事值得去做，你说呢？”

“我看也是，而且不仅是为了您的巧克力，以及萨比娜为我准备的糕点。嘿，我怎么没见到她，她请假了？”

“嗯，永远请假了。她死了。克洛蒂尔德替代她了。不过你见不着她，今天是她洗衣的日子。她也即将离开我回她的老家贝里。我在等另一个女管家，她是一位退休女教师，大概下星期来吧。在这些女人中，你能找到最优秀的女管家。她的名字叫左爱·克罗吉埃。”

“这个左爱，运气真好啊……”

她又恢复镇定，仿佛对刚才的失态有些后悔似的；她抖抖地又点燃一根烟，显得满不情愿地把雕塑的罩布重新覆盖上去。

“德加先生，我得对您说……”

他开玩笑地说：

“是想夸我的茶口味好吗？我很高兴听您说这句话。”

她耸耸肩。

“我刚才没把我的实际情况对您说，甚至还说了谎。事实上不是这样的。我很不好意思，但应该对您说……”

“什么也别说了，玛丽，我都知道。”

她在他的嘴唇上亲了一下，走了。

玛丽·加沙特听完德加讲述这次会面的详情后，惊得目瞪口呆，气得脸都扭曲了。

“我不明白你的态度是什么意思，埃德加。这个小姑娘怎么能擅自对你推心置腹，也许还在索求你的忠告或是感情上的慰藉，而你……你居然纵容她。这几乎是一种鼓励，使她陷入更深的不幸。”

玛丽言之有理，千真万确。不过……他答道：

“你不知道我当时看见这个青春少女穿得像个成熟女人似

的有多惊讶吗！更有甚者，她从前不爱说话，如今口若悬河，说话像大人的口气甚至还讲究辞令。以前，我好比是她的爸爸，我觉得我俩跨越了代沟，但自己并没意识到，所以看见她脱衣摆造型时我并没有什么异样的感觉。我想这次在我与她的交谈中，我倒是傻乎乎的，而她反显得十分自在坦然。因此我如不听她讲下去会心虚的，显得我好像害怕她讲真话，害怕她信任我、对我透露一些丑事，害怕她玷污了我心目中对她的印象似的。”

“我理解。你打算怎么办呢？也许你爱上了她不成？爱情还是嫉妒？”

他忍不住放声大笑。

“我，爱上这个……爱情还是嫉妒？我还是对你讲一件以往发生的故事吧。那时我在新奥尔良度假，坐在我的弟弟芮内花园的石凳上，在为我的一个侄女画色粉画。突地，一团鸟粪从树上掉到我的画页上。我当时对自己的画作还自鸣得意，当然怒不可遏了。你明白吗？”

“我理解，但我还是要问这个问题：你打算怎么办？”

“老盯着她既不礼貌，也无益处。我还是时不时地去看她跳舞吧。好像她在古诺创作的芭蕾舞剧中有亮点……”

10. 妓女

德加答应再看玛丽在古诺的芭蕾舞剧《扎姆拉的部落》中的演出。他的模特儿来访的几天后，他就去了并且带上了他的望远镜，希望在女奴群中能找到她，但她没有出现。

演出结束后，他走到后台，询问路易·梅兰特为何玛丽没来，她是否生病了。

“是的，德加先生，从某种意义上说她确实病了，得了一种无可治愈的病：卖淫。院长福考尔贝先生被告知这件事情后，他还做了调查，结果是肯定的。玛丽在她的母亲参与下，在蒙马特高地下面拉客，主要在黑猫酒吧门口。自安托瓦内特之后，玛丽和她的母亲也被解雇了。剧院领导只留下了夏洛特，她的脾性完全不同，拒绝被她们拖下水。

德加心神不宁地离开后台，尽管事实确凿，他还是不敢相信。

他产生了一个天真的想法，去找玛丽·冯·哥泰姆太太表示他的愤怒，指责她混淆母亲和钱柜的角色。他要使她让玛丽有继续在歌剧院从事职业生涯的权利，并且不时为他圈子里的画家当模特儿。

他最终放弃了。在他看来，玛丽在本质上并非是一个“顺从的奴隶”。他有什么权力让她改邪归正呢？他不是她的父亲，尽管她暗示过他可取代她的生身之父。就因为她缺少父爱，才造成了这个家庭的悲剧。安托瓦·冯·哥泰姆究竟在哪儿？还是一个谜。

《小舞女》是不容置疑的现实主义作品，从而与德加的创作思想和风格形成了一个断裂。他画了许多在排练中的小女孩的色粉画，这些与这个神秘得像谜似的瘦弱小姑娘的塑像有何关联呢？简直是达·芬奇的《永恒的微笑》的翻版嘛。

谈到这件作品时，德加对一名记者说道：“我很热衷于神似，甚至更多……”自他宣布他那寥寥数语、含混不清的艺术信念之后，他就一头扎进以真实为法则的领域，并且义无反顾了。他说的“甚至更多”就是这个意思。有人说，《小舞女》像儿时的娜娜[①]，是小溪边的一朵花，但又向前了一步，与芭蕾舞演员、洗衣妇有天壤之别，后者仅仅表现出形态、色彩和绝对的真实。

---

① 左拉的代表作之一。主人公娜娜后来堕落成妓女。

他的《洗手间的女人们》似乎仍停留在庸俗化的领域，与纯美学意义上的真实反映也是南辕北辙。这些人物没有脸，肉身紫不紫青不青的，蹲在浴缸里擦身，就像自舔的野兽。他本人如是说。

以玛丽·加沙特为首的一些人在这庸俗的画作里只看见一个男人厌恶和报复的心理，他对女人一无所知，也认为女人根本不理解他，于是便侮辱她们，频频进出窑子以宣泄自己的愤懑。

四月的一天，正是他喝热牛奶的时刻，他闲来无事，在克里谢大街的人行侧道闲逛，与撑着阳伞的玛丽·加沙特迎面相遇。

自从他因画了一幅玛丽手拿扑克牌的油画与她闹僵后，他俩就很少见面了。照玛丽的说法，她每个月去他家两三次看他，仅仅是为了看看他的身体如何。

她礼节性地用“您”称呼他道：

“德加先生，很高兴遇见您!”

“我也是，加沙特夫人。天气真好，不是吗?”

“当然，但说变就变。我正赶着回家，您最好也赶紧回去。祝您日安。”

他想着回敬她几句客套话，正巧看见她戴的帽子。

“您戴上这顶帽子美极了，与您的身材十分相配。您还去那家时装店吗?”

“总是那一家。我觉得很好。女店主很喜欢您的色粉画，她让我对您说一声。”

她伸出手，惊呼道：

“天哪！一滴雨……我怎么对您说来着！我担心马上会倾盆大雨。”

“不如去盖尔布瓦咖啡馆躲雨吧。那里最近。您愿意陪我去吗?”

他想坐在平台上，店里人已经撑起了防雨伞。狂风呼号，羊毛般的白絮从树上纷纷飘落。路上的行人像电影里的画面四处乱跑。

他俩龟缩在里端。她要了一瓶白葡萄酒，而他则要了一杯热牛奶。第一阵雨打得防雨伞噼啪作响，大厅里迅速挤满了人，男人竖起上衣领，女人则提起她们的裙摆。风雨交加，轰轰作响。

他挨近她坐在漆布长椅上，她又用“你”称呼他了，与礼节性的“您”交替使用。她问他道：

“我等着你对我说当天的新闻，但似乎你并不知道。”

他问她是什么新闻。

“我们一个最好的朋友爱杜阿尔·马奈在今晨七点死了。他的左腿得了坏疽，得切除。他没能顶住，才五十岁，多可惜啊……”

“马奈……马奈……死了？我简直不敢相信。我知道他病了几个月，知道他有生命危险。”

“他的医生说，他病了好长时间了，得了一种运动机能失调症，据说是先天遗传。他的两个兄弟也因神经衰竭而夭折的，他得的是同一种病。他在巴西度假时被蛇咬过，与妓女又有染，因此不排除中毒之后留下的隐患。”

马奈的妻子苏珊私下曾对玛丽说，她盲目相信过一个类似莫里哀笔下的庸医的江湖郎中的话，服了一种裸麦。德加大呼道：

“可这是毒药。”

“是又不是。剂量大时才有危险，马奈服得太多了，出现头晕、幻觉、神经错乱等症状……以前人们说的所谓‘圣火’，就是中世纪的一种瘟疫。”

玛丽得知，为了避免病人移动不便，外科医生亲自去他在圣彼得堡街的家动手术。直到最后一刻，他还谈笑风生，与他的亲人开玩笑，说到了正在酝酿的作品，并且说他将去在鲁艾尔的公馆养病。

手术做得很不顺利。马奈在天亮时断了气，再也没醒过来。

“我知道你俩之间不很和睦，经常磕磕碰碰的……”

“我们之间的性格差异太大啦，但都很尊重对方。尊重，这很重要。尊重能使许多分歧化干戈为玉帛。啊，亲爱的马奈……他比我们的评价要伟大得多。”

“这是悼词里最有说服力的结束语！……我希望在同样的场合下，人们也会这样评价你。”

追悼仪式于5月3日一个灰蒙蒙的早晨在圣－路易当丹大教堂举行，下葬在帕西公墓，那天来了一大帮朋友。马塞尔·普鲁斯特也前来向他的朋友告别。他说道，马奈作为艺术家，有许多诽谤者和敌人，但作为人，却一个也没有。玛丽·加沙特前去德加的家接他。在葬礼的整个期间，她一直挽着德加的胳臂。

马车把他俩带到巴黎的路上，她向他说道：

“埃德加，我希望我们常见面。每次我敲你家的门都迟疑再三，这位老朋友的故世应使我们有所触动，忘记我们的分歧吧。珍惜我们纯洁无瑕的友谊，好吗？”

他点点头。他俩谈到了他们的眼疾，两人都没有好转，只是更加严重，以致他俩都担心会双目失明，那可是艺术家的大忌啊。马车下坡时，他俩互相搂着胳臂，她笑着对他说道：

“我想起了波德莱尔一首诗的最后一句：‘这些盲人，他们向上天寻求什么呢？’”

整个春天，很少有冯·哥泰姆一家的消息。

玛丽来德加的画室探望已经是几个月之前的事情了。在这期间，德加搬家了，但还是在同一个街区的喷泉街上，靠近比加勒。玛丽也搬家了，她与德加互不通信息，所以她再次去看德加时吃了闭门羹。

酒吧的常客马斯林·戴斯布丹时而在街头看见安托瓦内特和玛丽拉客，把她们的情况告诉德加，他佯装不感兴趣，但心里却不是滋味。

他对安托瓦内特的命运不感兴趣。她从监狱出来之后重操旧业，决心把损失的时间补回来，她要去傍一个大款；一个有钱的鳏夫为她们牵线搭桥，始终不放过她们。她开始在巴黎老城墙一带游荡，每天晚上喝得烂醉如泥，惹是生非，丑闻不断，在特殊包间里穿着暴露，狂跳不已，让别人付钱。她与不知廉耻的有钱女人上床，在灰鹦鹉酒吧的后面房间里抽烟，抽土耳其长管烟斗，抽鸦片。

她在公共场所不是闹事就是出丑，治安警察抓过她好几次，她在圣-拉扎尔监狱呆过，有时因患性病在萨勒拜特里埃尔医院接受治疗，医生用水银治她的病，于是黑猫酒吧的店主在议论他的一个顾客时，不无幽默地说：

“与维纳斯欢度一小时，就得与墨丘利[①]过上一个月……”

“从最近听到的消息看，”戴斯布丹说道，“她似乎收敛些了，说说罢了。她被招进一家名叫女友的同性恋俱乐部，在布

---

① 墨丘利是罗马司商业的神。这在法文里，“墨丘利”与“水银”同音。

雷达街上。我准备这两天晚上去光顾一次，不过男人是很难进入的。那里的消费价格高得惊人，听人说，有些女孩相当放荡……”

女友俱乐部只是安托瓦内特的一个过渡而已。

“你如想听听我的看法，埃德加，我说这个放荡女最终会堕落成一个职业娼妓，在看守所或是在医院终了……她已经变得十分可怕……”

尽管戴斯布丹的朋友提出把自己在歌剧院的包厢借给他用，他还是很少去，因此他没有夏洛特的消息。德加反倒能给他提供一些。

冯·哥泰姆家最小的女儿坚定地走自己的路，自始至终刻苦学习。她进步飞速，已经从跳四对舞的角色变成正式演员，她的最近一次考试得到评委一致赞扬。那次考试德加也参加了，看见她的母亲用手提包遮挡着激动地哭了。

夏洛特谈不上美，但她的魅力掩盖了她形体的不足。福考尔贝先生预言她前途无量，而她也不会辜负他的期望。她出污泥而不染，将会以自己的实力洗刷她家庭的耻辱。

虽说戴斯布丹猜出德加急切地想知道玛丽的消息，但很遗憾，他不能提供她最近的动态。

“我能对您说的，就是她消失了。她常去她猎食的领地——黑猫酒吧，那边也没有什么说法。她从东方街搬出去之后，也不知去哪儿了。也许她找到了她的白马王子，也许她的母亲把她卖到一家窑子里了。你可以到夏巴奈那边看看，但你最好还是死心吧，依我看，你再也见不着她了……"

纽约，这个国际大都市的歌剧院即将以古诺的《浮士德》作为系列戏剧演出的前奏，巴黎歌剧院在去那儿之前，最后一次上演了这出戏。夏洛特·冯·哥泰姆也去演出，也许在那里会充分展示她的才华。

"小心点，"她的母亲对她说道，"我不在，没法开导你保护你。听人说，美国人喜欢法国女人，特别是巴黎女人。不要随便听信哪个献殷勤的年轻男子的花言巧语，他们想把你留在他们的野蛮的国度里，除非他有的是美元，并且愿意跟你回法国。要记住，我需要你的工资……你能答应我吗？"

"是的，妈妈。"

"你的两个姐姐都是忘恩负义的人。我得与她俩争着要饭钱付房租。我不会去洗衣作坊上班了，他们说我太老啦！假如你留在了美国，我怎么办？最后我肯定会去收容所的，而这两个婊子是不会领我出去的！"

"妈妈，你知道……"

"我能依靠你吗？可以，我知道。那么赶快回来吧，有可能就多挣点钱。我没有钱付下一次的房租了。"

玛丽在被芭蕾舞团解雇之前的两个月才遇见吕易齐·加瓦尔康迪，他俩认识的机遇很特殊，差点酿成悲剧。

在芭蕾舞剧《克里加纳》演出时，玛丽扮演一个女神的角色，在换舞台背景之际，她正按摩因足尖动作而倍感疲劳的脚踝，然后再穿上她的软底鞋。突然，她被猛烈撞击一下，摔倒在地上。她被人扶起时已处于半昏迷状态，手腕扭伤，头皮擦破了。

她重新恢复知觉时，有一个男人倾身在看她，带着意大利口音支支吾吾道：

“请原谅，小姐。是我的错。我拿着一棵用作背景的树，看不见脚下，撞着您了。如可以，我可帮您站起来。您哪儿受伤了？”

“手腕。我想是骨折了吧；还有头部，在流血。”

演出开始，但玛丽没上场。接下的《田园曲》一场并非非她不可，以后在维多[①]的华丽的结尾的那场戏她还是可能上场的。

“如果我继续流血，我扮演的巫婆的化妆就作废了。”

舞台监督让大大小小围在玛丽身边的舞蹈女演员走开。

“今晚就别上场了！你想想你在众巫婆里倒下会产生什么

---

① 维多（1844－1937），法国管风琴演奏家。

后果。影响坏极了。回家去养伤吧。我希望三天后在这里看见你演《科贝丽阿》[1]一剧中原有的角色。吕易齐护送你回家。这个粗心鬼。他要被罚款的。”

吕易齐雇了一辆马车送玛丽回去，付了车钱。以前，他俩彼此认识但没往来。他离开隆巴尔迪[2]来巴黎之后在歌剧院做事；他会点木工活，所以被派在背景间干活。

次日，他带着一束鲜花前来探望。

“没什么大事，我的孩子，”母亲对他说道，“您亲自把鲜花送给她吧，她会开心的。她在自己的房间里读《时尚小品》呢。”

玛丽从安乐椅上站起。

“您真客气，”她说道，“别这样。这些鲜花太美啦。我还不知道您的大名呢。”

“吕易齐。吕易齐·加瓦尔康迪。我制作，并且布置舞台背景。”

“啊，我可付出代价才知道您的名字的。我很喜欢《克里加纳》中的角色，可差点儿我从此演不成戏了。开开玩笑罢了……”

她指着一张椅子请他坐下。他坐下，把鸭舌帽往后脑勺

① 著名芭蕾舞剧，共有三幕两场。

② 意大利北部一地区。

推了推。

“您把我吓坏了，玛丽小姐。我一夜没睡好。怎么会发生的呢？我没看见……”

他的法语说得很标准，略带一点口音，她听了觉得很悦耳。他大概有二十岁的样子，上下差不了多少。眼睛碧绿带点儿黄，像猫的眼睛；身材偏瘦，脸上的胡子蜷曲，与他的头发一样，耳环虽与他的鸭舌帽并不般配，但总体看上去还是挺有风度的。

他指了指挂在床头上的彩色雕塑说道：

“是您吗？我在一张报纸上曾见过。好像这个艺术家出生在意大利吧，像我一样，不过是那不勒斯人，而我是从隆巴尔迪来的。”

他清了清嗓门又说道：

“您保持自然本色更好，好多了。”

她想请他喝咖啡，吃饼干，他说他受宠若惊，受之有愧。饼干是她偏爱的叫“功多罗”[①] 的那种，使他联想到威尼斯，他有一个叔叔在那里，他有时去看看。

吕易齐第二天又来了。他在本地区的糖果店跑来跑去，终于找到他所要的东西。

① “功多罗”是水城威尼斯游船的名字。

“‘功多罗’，吕易齐!”

“您喜欢的那种，我没猜错吧。我买了最大的一盒。我想里面有五十包。”

“别为我破产了。昨天是鲜花，今天是糕点！太客气啦……”

“为我的过错赎罪还很不够……我想……我想我们可以去餐馆用晚餐，就您和我，拣个没事的晚上。”

“您想说以情侣身份吗?”

他的脸涨得通红，结结巴巴地说道：

“我可从不敢说出口。”

“但您是这么想的，对吗?”

他使劲拧着他的耳环，用方格手帕擦着脸上的汗，慎重地说道：

“这个嘛，我不会对您说的，就如不会说出我心中的秘密一样。倘若我的邀请使您不悦，请坦率告诉我。我不会怨您的。”

“但您会遗憾。”

“哦，那是肯定的。”

“这样的话，为了不使您难过，我接受……”

做母亲的还没有说话呢。她觉得这个小伙子热情大方。送鲜花已经到位；送饼干已过分，也就算了。但他居然还要请客吃饭，过于热情了吧。

“我的女儿，你不能接受!”

“妈妈，拒绝可不容易。这样，他会误解的。他对我说，他是单身……”

“正因如此，他需要有个人嘛！你不会被轻浮的感情闹昏了头吧。你的吕易齐好像对你很感兴趣，这样就要警惕啦！在你的生活中不需要这样的人，听见没有！我对我们几个另有打算。”

玛丽反抗了：她的生活属于自己，她愿与谁来往就与谁来往。她的母亲提醒她说，她还小，没能力判断谁合适或是不合适。玛丽气得脸通红，搬出法律，说母亲让未成年孩子卖淫会怎样怎样。两记耳光便是母亲的答复。于是家庭里不该说的话都说了出来……

“你已经答应同他吃饭了？这次就算了。但你该对他说清楚，他在浪费时间。像你这样的女孩，报上都出名了，与一个木工混怎么得了！我把你养大就是为了你能脱离苦海。”

她喝了一口水又更加明确地说道：

“我提醒你与房东的儿子欧也纳先生的约会。你对他要客气些；我们还欠他们三个月的房租呢，我可不想再搬家了。我总不能老苦下去……”

“我不想见他，妈妈。他让我恶心，你那个欧也纳先生……脸上都是粉刺，斑斑点点，身上一股臭味……只要看见他，我恨不得钻进桌肚里。你看见我与这种人睡过觉吗？”

“谁同你讲睡觉啦？你只需在一段时间内引他开心就行了。闹闹玩玩，跟他出去几回，让他对你上心，只要他不提房租的事就行了……天哪，我不会为难你的！”

玛丽忍着没发作，只是耸耸肩。母亲又说道：

“至于吕易齐，这个家伙，你让他知道他是在白白浪费时间和金钱。”

吕易齐在消费上很大方。

他来接玛丽时穿着一套向同事借来的礼服，纽孔上别着一朵花，戴着一顶翻边软毡帽，手拿一个时髦怪异的手杖，看上去他就像是个参加宴会的二流中产阶级人家的孩子。他要了一辆马车。她原以为他要带她去夏吉艾小饭店的，结果在烈士街上的金色野味餐馆订下一个最佳的座位。

“饭店离这里几分钟步行就到了，本来可以步行去嘛。”她说道。

他对她说，他喜欢在马车上观望，比坐公共车舒服多了。他说，在马车上有自由的感觉。他是个诗人吗？她突地就对他看重三分了。

烈士街上有五十多幢建筑，倒有二十五家餐馆和娱乐场所，金色野味餐馆是其中最豪华的一家。他们吃晚饭时要了这家餐馆的特色菜，有油炸牡蛎，果泥鸽，他们还要了著名的福尔耐红葡萄酒。餐后她希望分账，他似乎受了侮辱似的说道：

“我在歌剧院赚得不多，您也猜得到，但我来法国也不是身无分文的。我的父亲在米兰附近的特里维格里奥开了一家红木加工场，四年前他死了，我觉得自己没能力继续发展这个加工场；他是鳏夫，我又是他的独子，我变卖了一切，把钱存进一家银行。靠利息也够过日子了，不必愁钱。”

她说他的法语说得很好，问在哪儿学的。

“在中学学了一点，后来与尼斯和蒙东的顾客打交道又学了不少。”

他单独生活吗？他对她说道，他想结婚来着，但需要时间。

“您呢，玛丽，您有什么想法吗？”

她放声大笑，说道：

“我结婚太早啦。我为德加先生做造型时才十四岁。我现在十七岁，与母亲和两姐妹住在一起，您大概在歌剧院看见过她们跳舞。”

餐后，他煞有介事地又要点半球冰淇淋，并想要瓶香槟，她断然拒绝了。

“吕易齐，您如想引诱我，就想错了。”

“请原谅，”他嗫嚅着说道，“我只是希望我们能再次见面。”

“当然，明天就可以在歌剧院见到。”

“我是想说像今晚这样单独见面，假如您不反对，要不上我家去。”

“我不知道，吕易齐，也许吧。以后再说。”

他俩到了东方街，他想搂住她的胳臂和她吻别，她推开了他。

她回家时已将近半夜。母亲在读报纸等着她。她什么都想知道：餐厅人多吗，菜和酒合口味吗，价格是否太贵了，特别是这个外国佬举止是否得当。玛丽很不客气地答道：

“让我安静些，妈妈！今晚我没兴趣对你谈这些。我累了，明天还要排练……”

“至少对我说说他对你谈到他的想法了吗？”

玛丽以挑衅性的口气说道：

“对！他哀求我嫁给他。”

“嗨，那个混蛋，他很快就进入主题了。我希望你回绝了他。”

“我既没有给他希望，也没有让他泄气。你一定想知道，那么我告诉你，这个男孩，他挺讨我喜欢的。我不想说，假如他锲而不舍，我就不会让步……”

母亲早已准备了咖啡，等着他的几个女儿。她站在窗前，鸟笼里的金丝雀在一束阳光下大声欢叫。玛丽没等夏洛特来就坐下，一声不吭，气鼓鼓的，开始在面包上涂果酱。母亲的一句话犹如一石激起千层浪：

“怎么样?”

“什么怎么样?”

“昨天晚上，你不是对我说……”

“没错，那是昨天的话。当时，我有点生气，在开玩笑。吕易齐向我公开求爱了，但到此为止。我承认我喜欢他。漂亮的小伙子，温和而大方，不傻，很自然的。”

“别再对我说他有钱。只要看看他那小摊小贩的脸色，我不会相信他有钱。依我看，他想白白捞一个为德加先生摆造型的姑娘吧。去他妈的蛋!”

玛丽喝了第一口咖啡，觉得比平时苦，又加了三块糖。她很讨厌母亲在她心情不好时说脏话。她在家里讲粗话成了习惯，是她用来加重她的语气的秘密武器。她对她的女儿常常使用这一招使她们就范，但也常常失效，因为女儿长大了，有勇气反抗了。

玛丽还得面对她十分厌恶的一次考验：把她介绍给欧也纳。她们达成一致意见，与欧也纳见面不让男孩的家庭知道，因为一旦他的家庭知道了，就有可能破坏这个本分正派家庭的和睦气氛。玛丽承认这个中产阶级之家是一个满不错的婆家。他们在巴蒂尼奥勒街区和蒙马特街区拥有不少房产，靠房租就进账不少。那么嫁给这个欧也纳先生呢，除了开始有些恶心之外，又有什么不好？所有厌恶情绪被打消之后，她觉得这件事还是值得认真考虑的。

玛丽半夜没合眼，一直在思考这个充满矛盾的选择：接受理性的婚姻还是与吕易齐灵肉的结合。

她的新朋友吕易齐夸夸其谈，口气很大，使她有些不放心，于是她就委托芭蕾舞团的一个负责舞台设计的女伴去打听这个年轻的意大利人的状况。结果是大跌眼镜。她对玛丽说道：

"可怜的玛丽，你的男友在对你胡说八道呢。他仅靠一点工资勉强过日子，捉襟见肘。他的所谓遗产是水月镜花，金色野味餐馆的那顿饭是遮人眼目。你想想《波西米亚》中的咪咪和罗道尔夫的故事吧。我很遗憾使你失望……"

玛丽在歌剧院附近的小酒店再次见到吕易齐时，她决定暂时向他掩饰她的不快。他俩谈到了他们在认识之前她的最近一次演出，她佯作欢笑，使他在自己编造的谎言中欲罢不能；她终于忍不住了，爆发了。

"吕易齐，够了！你的谎言，你留着讲给另一个女人听吧。你骗了我。因此别在我身上做梦吧。谢谢你请我在金色野味餐馆的那顿晚饭，再见。"

她在盘子里扔下几个钱币准备起身。他抓住她的手腕，请她坐下。

“我不会花言巧语，再说，我也不会。”他说道，“你只要知道，关于我的生活，我确实对你说了一些废话，但我的感情是真诚的。确实，我很穷；确实，我没有前途。因此，即便你拒绝再见我，我也不会怨你。”

她又要了两杯咖啡，有一会儿神情茫然，呆呆地望着蒙加道尔街上的街景。他拧着耳环，目光探问着她，等着她慢慢爆发。

“你让我两头为难，”她把一只手放在他的手上说道，“你自己也没意识到，不过，你不会再陷入情网难以自拔了。你对我说你爱我，我听了完全可以一走了之，不再见你；我嘛，我不爱你，至少不像你期望的那样，不过你讨我喜欢。因此，我只能向你建议，我俩无需什么承诺，可以交往试试。”

“试试?”

“对，试试，大傻瓜！如果你愿意，上你的家。如果我们能继续下去，又为何不能不时见见面，快乐一番，但决不提结婚两字。你怎么看?”

“我能说什么呢？这……这太好啦！我现在真想唱我们那不勒斯人喜欢唱的一支歌。”

他站起来，把手放在胸上，用男中音的嗓门唱起来，使路人纷纷回头。

“行啦，”她大声说道，“太难听了。”

他重新坐下，容光满面，一口气咽下滚烫的咖啡，问道：

“何时?”

“你定。”

“那么就现在！请让我来结账。两次都由你来付账，我的自尊心会受不了的。”

他的家安在特里尼戴街区的加代街上，离这里不远。他俩紧搂着，不时扑嗤笑出声来，每走几步便热烈亲吻。他住在一幢大楼的最高层，上面就是屋顶。

玛丽原先设想的要更糟，不过等门打开后，她便打消了她的成见。吕易齐把这个陋屋打理成颇为赏心悦目的住所，墙上糊上了花纸，添上了自制的家具。从房间的窗口望去，便是建筑物之间朗朗的空间，在一丛树的后面，能看见犹太教堂的尖顶。在澄蓝的夜空下，怯生生的雪片似乎在寻找落脚处。寒鸦掠过，留下一串呱呱声。

玛丽坚持不先动情，吕易齐在他的小小炉灶里生火时，她迅速脱光衣服，牙齿打颤，紧闭双眼，钻进冰凉的被窝。她睁开眼睛时，看见吕易齐站在床边，赤裸裸的，很不好意思地把双手捂在肚子下面。

“这是单人床，”他说道，“请你给我腾出一点地方……”

冯·哥泰姆太太早准备了苹果馅饼，并把一瓶汽酒放在窗口的阴凉处。她原先想准备一瓶香槟酒的，但旋而放弃了这个念头，别让她的客人以为她多有钱。

欧也纳先生在桌上放了几支玫瑰，恭维冯·哥泰姆太太家里布置得当。他说道："倘若所有房客都像这样就好了……"他为了这次见面，穿上了一套简洁的正装，也没过多修饰，只是在胸前挂了一块怀表，纽孔上有一个金属环。他剪去了脂肪性肉赘上的三根毛，在粉刺上扑了浅浅的一层粉。他天生喜欢看来看去的，很快便发现玛丽挂在床上的雕塑。

"这是德加先生为玛丽做的一尊塑像，"冯·哥泰姆太太说道，"作为礼物送给她了。好像还很值钱。"

她接着又说道：

"我要玛丽出门买点东西去了，天下雪，回家迟些。讨厌的天气！我怕感冒不敢多出门。人行道上打滑……"

她向他说到的玛丽：

"一件珍宝，欧也纳先生。温和，敏感，用心，哪个男人娶了她真是福气。不过……"

"您想说什么，太太？"

"不过我想把她留在身边。真嫁出去了，我倍感孤单。谁知道我的小女儿夏洛特会不会决定留在美国呢？安托瓦内特嘛，已经有求婚者上门，肯定马上就要作出决定，因为亲家不错嘛。我真的自个儿住了，大概要搬家，因为这三间屋子对一个老太婆来说……”

“提到婚姻，太太，我们私下说说，我可以期望……”

“期望娶玛丽？我再高兴不过了，不过眼下她年龄尚小，什么都不懂……您知道这个年龄的女孩在想什么……”

玛丽回来了，迟到了半个小时；她没有道歉，甚至对欧也纳连招呼也没打。

他们先吃苹果馅饼。欧也纳先生对冯·哥泰姆太太的厨艺赞不绝口，但对汽酒颇有微辞，他说酒味太酸。玛丽也觉得太酸，于是只有冯·哥泰姆太太对汽酒说好。

谈话很快难以为继了。有点儿愁闷的被期望的女婿和兴奋而唠叨的母亲只能泛泛而谈了。他们说到了天气，说到了霍乱卷土重来，冯·哥泰姆太太声称十分害怕这种病，如同瘟疫……说得她的客人忍俊不禁，玛丽也禁不住笑出声来。他俩在闲谈时，玛丽一直插不上话，于是出去了，她在吕易齐怀中的余兴还未尽呢。

求婚者在告辞前并未明确说明他的来意。门刚关上，冯·哥泰姆太太就发作了。玛丽只是在吃苹果馅饼时才张嘴，要不就是数落欧也纳先生的不是。她说，欧也纳先生除了在吻她的手时行屈膝礼和一丝微笑而外，一无是处。

“你也没什么笑脸！他会怎么想？这个小情人不坏嘛，穿着整洁，谈吐文雅……有点儿羞怯，不太热情，这是真的，但你也没有好脸色啊。你看见他送的花了吗？至少值三个法郎呢！他可以让我们没好日子过呢。”

“哦，我才不在乎呢！你可以对他明说！”

母亲大动肝火了：她为抚养她们，做出了如此巨大的牺牲，玛丽现在居然对她玩这一手！

“说到牺牲，妈妈，你让我们付出了惨重的代价。安托瓦内特成为一个妓女，这是你的错。我嘛，如果我不及时刹车，我也会走同样的路。夏洛特也一样，你得承认这点！你把话说颠倒了。应该说是我们为你做出了牺牲。如果真有那么一天你到了山穷水尽的地步，你完全可以改行做妓院的老鸨嘛。你有这方面的天赋。”

她抓住了母亲的一只手，及时避免挨她一记耳光；母亲的手无力地落在椅子上，哀号道：

“我们完了，玛丽。我们如何才能支付拖欠的房租呢？我预感到了，大难临头了。”

“算了吧。我知道你的总收入。你迟迟不交房租，那是希望欧也纳先生说说话，让他的父亲开恩，也许会免收我们的房租。行啦，我同意做一次牺牲，不过这是最后一次。”

母亲建议女儿去向欧也纳先生表示歉意，原谅她上次接待不周，她可以借口说自己累了，工作上的事情让她烦心。玛丽同意再安排一次更亲密的会见，会表现得热情些，甚至可以……

母亲起身把女儿搂在怀里。

“我的女儿啊，这下好了！我就知道你靠得住。”

“那么你就让我以我的方式组织这次见面，我单独与他在一起，不必准备苹果馅饼和汽酒什么的，你整个下午找个借口外出，比预订的时间回来早一些，现场抓住我们。然后你威胁他说要向他的父母亲告状，说他企图强暴未成年女孩……这个你在行。”

“强迫他与你结婚？想得太妙啦。”

“我不想半途而废。你不是要这门亲事吗？你将会如愿以偿。不过我得警告你：我愿为这个瘦猴牺牲我的一点贞操，但不是我的自由。他如要我，该先作出抉择。”

那个小傻瓜接受了玛丽的歉意，甚至受宠若惊。想到下一次又要见面了，他心花怒放。他俩单独呆在一起了，但气氛沉闷。他们说到了在外省蔓延的瘟疫，并且已经传染到巴黎，在谈到1832年在首都的瘟疫夺去几千人的生命时，他才略有些激动。

玛丽在自己房间的壁炉里点燃了几根柴薪。她握住欧也纳先生的手带他走向炉火边，这样他们可以舒服些，可以暖暖和和地聊天。她发现他有所保留。

“振作起来，”她笑着说道，“您好像很紧张。我想不是得了霍乱吧。”

“请别拿这开玩笑，小姐。谁也不知道……”

“那么就是您过分激动了？我很高兴。这样您就坐到床边上去，就像……就像我们是老相识了……瞧，我抓住您的手，您可以放心了吧。您希望我们闲聊什么呢？”

他憋住气说道，他希望她谈谈她的工作。

“几个月前，我的父亲曾带我到歌剧院去看《魔鬼罗贝尔》，嗨，服装和布景大概挺费钱的吧。太美了，不过……当时我还没认识您。”

“您还记得吗，我当时演圣-罗莎莉修道院的一个嬷嬷？观众看见我穿着裹尸布从坟墓里钻出来；她大概死于霍乱吧！请原谅，我又对您开玩笑了。”

他向她透露心里的一个谜团，说模特儿摆造型总是令他迷惑不解。他的父母亲接待客人时，他听他们说过，艺术家都是放浪不羁的人，总是把他们的模特儿变成他们的情妇。

她扑哧笑出声来。

“纯粹胡说八道，欧也纳先生。这样的事有，但我可以向您发誓，德加先生从未对我有任何不轨之举。”

他希望了解得更多，因为这个话题他很感兴趣。

“啊，太简单啦，欧也纳。请允许我称呼您的小名。您就当自己在德加先生的画室里。他甚至看都不看我一眼就对我说：‘玛丽，把衣服脱了。’”

“您服从了？”

“那当然！应该的嘛。”

她起身，脱去身上穿的安托瓦内特的中国丝绸睡衣，并且开始一件件往下脱。她发现欧也纳先生脸上的粉刺像草莓上的小颗粒似的透过白粉显露出来，感到很有趣。

“您不必……”他气喘吁吁地说道。

“不必脱光？为什么不？我不该满足您的好奇心理吗？您得知道，我是无所谓的。这是习惯，您理解吗？除非我使您感到不适……”

他摇了摇头。她向他转过身，请他把她后背上的内衣搭扣解开，帮助她脱去内衣。他照着做了，动作笨拙而猛烈，微微发颤。

“哦，不，玛丽！倘若我的母亲知道……”

“别对我提您的母亲！她什么也不会知道的。假如您需要宽慰自己，就去忏悔吧，心灵可得安宁。来吧，再使把劲，把吊袜带脱掉……轻点儿，您扎着我了……”

她接着又说道：

“您也脱吧，我们像在摆集体造型。”

她又帮他宽衣解带，闻着他那不修边幅的单身汉的气味，感到很恶心，狡狯地笑了笑。他的内裤滑落在她的脚下，一根玫瑰色的玩意儿露了出来。

“欧也纳……我对您的吸引力就这样吗？您对我可不够意思……来吧，睡上床去。您就想着您是艺术家，被您的模特儿迷惑了……”

欧也纳抖抖索索地刚躺下，厨房传来了声音：

“玛丽，你在哪儿?”

“我的母亲……”玛丽低声说道。

“您的母亲？可我以为……”

“倒霉！她比平时回来的早，怎么办?”

房门慢悠悠地打开，露出了玛丽·冯·哥泰姆太太的脸。玛丽夸张地大叫一声，跌倒在地板上，像是失去了知觉。

“怎么办，欧也纳，我们没辙了。该向她明说……”

小家伙回他的窝去了，母女俩放声大笑。

“那么说说看，情况如何?”母亲问道。

“什么事也没有，妈妈。什么都没发生。不过我做了该做的事情。他慌张不安，甚至丑态百出，汗流浃背，不过没事，真的。”

“不过你似乎很讨他喜欢。”

“当然啦。不过总有他母亲的阴影在，他想她比想我更多；他本来就没多大能耐，他的母亲使他更加无能了……他不仅没有这个能力，而且还不会做，浑身散发臭味。要我嫁给这个肮脏的太监，帮帮忙哦！所以说，没必要像我们事先设想的那样闹出丑闻。”

让母女俩吃惊的是，欧也纳先生在上次愚蠢而失败的行动过后，非但没有泄气，而且还感到意犹未尽。他又与她不断约会，很快对这件事产生浓烈的兴趣，这不仅激发了他的性功能，而且似乎使他从家庭的束缚和婚外情的内疚中解脱出来。在几个月中，他每星期玩一次，带着无穷的兴趣，想努力克服他的性无能，但都无功而返。

至于拖欠的房租，他家人不再提了。由于欧也纳的介入，他们可以赊账。

玛丽对自己的牺牲从吕易齐那里找回了补偿。他俩尽情欢乐，但绝口不提婚嫁之事。每次都像过节一样。春天来了，他俩的休闲日都在马恩河畔的跳舞咖啡酒吧度过，雷诺阿的画中曾描绘了那里寻欢作乐的情景。他们租了一个房间，常划船，葡萄酒和做爱使他们乐而忘返。

吕易齐最终也接受与那个心理未成熟的老实孩子分享快乐。他难以容忍的是，玛丽有时晚上仍然去蒙马特的下流街区醉生梦死。夏洛特从美国回来之后，积攒了不少美元，她离开了与母亲和姐姐合住的套间，把家搬到歌剧院不远处一个更加清净的地方。

一天早上，玛丽去歌剧院排练厅与配对的男演员普迪巴排练《纳姆娜》，她被告知，院长在办公室等她。

“我刚刚得知，”他严肃地说道，“您仍然没有改掉您的坏习惯。这种操行对您对剧院都是不相称的，我忍受不了了。您有保护人也就罢了；我虽然厌恶这种风气，但也容忍了，不过您卖淫可不行，您是德加先生的模特儿啊。”

院长还指责她与吕易齐·加瓦尔康迪的关系。这种不伦不类的关系大家都知道，议论纷纷，除非他俩成为合法夫妻。她有嫁给他的意愿吗？可能吗？因此，她在歌剧院的生涯从此结束了。

玛丽把她在歌剧院被辞退的消息告诉她的母亲时，母亲哭得死去活来。她预感到大难临头，除非……

“如果欧也纳先生同意，就嫁给他吧，一切都解决了。”

“决不可能！”玛丽大声说道，“你知道的，不可能。我可以接受做他表面的情人，但现在也结束了。他去找女佣自慰去吧，呆在他的母亲身边吧。”

“那么我们怎么办？”

“你明知故问嘛。我将重新干老本行。这是唯一一件你教我做的事情……”

德加正等着斯戴法纳·马拉美来访，他把画室门打开，猛地面临一个举止成熟的妙龄女子，感到非常惊讶。他毫不客气地问道：

“您来干什么？”

“请原谅我的冒昧，德加先生。我本该事前请求您约见的，但我担心您会拒绝。您能允许我与您简单说几句话吗?”

年轻的来访者穿着简洁，薄施粉黛，说话缓慢而庄重，多少有点儿故作文雅。德加心想曾见过这张脸，听过这个声音，但在哪儿，什么时候，他全无记忆了。还是她帮助他不再困惑了。

“您认识我。我是夏洛特·冯·哥泰姆，玛丽的妹妹。我想对您说的就是她。”

“请进吧，但请说得简短些。我明天要离开巴黎一两个星期，还要准备行装。夏洛特……啊，是的，我记得您。冯·哥泰姆太太的三个女儿中最有才华、最正派的一个……”

她的脸涨得通红，走进画室，德加正在准备结束系列单板画。他的手沾满墨汁，连脸上都有痕迹。他的粗布工作服上也是色彩斑斑，看上去像个舞台上的丑角。

他请她在沙发上坐下，沙发上堆满了垫枕、折叠的短裙，沙发背上有一段段丝绸。他问她的芳龄几何。

“十七岁，先生。我是玛丽的妹妹，但小不了多少。”

“已经出落成一个小女人了啊。我听人说，您对待工作和生活都很认真。我记得《事件报》上发表过一篇文章，大概在去年吧，对您大大夸了一番，说您是芭蕾舞剧团的希望所在。”

“哦，先生，我没有这个奢望，一篇客气文章而已。”

“别那么谦虚嘛。您想对我谈谈玛丽，她有什么难处吗？”

“感谢上帝，她的身体很好，但她现在很艰难。她被剧院辞退了。”

“妈的！辞退了？好像她以前也被辞退过。”

“是的，有过两个月。不过这一次，似乎没有返回的余地了。”

“可为什么呢？她肯定没有您这样的天赋，但还是被认可的。”

夏洛特向德加说到了她的姐姐与吕易齐的关系，德加对此事先前并不知晓；说到了玛丽演出后常去拉客，而这点，戴斯布丹对他提起过。不过她没有谈到她的姐姐与房东儿子的离奇关系，玛丽只是隐隐约约对她说过几句，但他俩的交往没有维持多久。欧也纳先生最后对她不感兴趣了，也没再阻止他的父亲派门房向她们催付欠下的房租。

“您说的确实令人难过，但您要我做什么呢？”

“我听人说，您与院长福考尔贝先生和剧院某些委员的关系很好。我想，您的介入有可能使他们收回成命。”

“您要我做的事……”

“我意识到会使您为难，德加先生；不过这是让我姐姐悬崖勒马的唯一办法了。您是知道的，她是我们的母亲的牺牲品。安托瓦内特由于母亲的过错堕落了，我倒是摆脱了她的控制，希望玛丽也能像我一样。我准备帮助她，可她只有重新加入剧团才能不再堕落；您知道我想说什么……”

“我回巴黎后干预此事，我答应您，但没有把握。福考尔贝先生对剧团的作风问题是抓得很紧的。”

他接着又说道：

“您刚才提到了安托瓦内特，她怎么样？”

“我一无所知。有一点是肯定的，她已经与我们家断绝往来，她已经无药可救了。我很遗憾，但这是事实。玛丽还是有救的，前提是不能拖得太久……”

11. 坐轻便双轮马车去勃艮第

无论是在艺术还是在生活领域，德加都充满了矛盾。他可以在几个小时之内彻底改变他的观点。

在绘画领域，他说他憎恨大自然画家，声称这些人“该枪毙”，但他很注意在大自然中收集元素作为他画画的背景；他说他不喜欢花朵，但他却不时地画一些艳丽的鲜花（才华毕现）；他说他瞧不起女人，可女人在她的作品中是永恒的主题；他说他喜欢女人，可似乎女人对他的吸引之处仅仅是她们形体上的缺陷。他贪婪地阅读特鲁蒙[①]在《自由之声》上发表的关于《犹太人的法国》的系列文章，但把犹太人看成是他的最好的朋友。他一再声称自己仇视科学，但常常惊羡科学家的新发明。他十分重视严谨和整洁，但他的家就像是一个真正的垃圾场。他对友谊尊崇有加，但与他的朋友吵闹不休，常常只是为一些鸡毛蒜皮的小事。

他用钱莫名其妙，永远不知道自己究竟有多少钱。他往

---

① 特鲁蒙（1844－1917），法国政治家、记者。反犹太复国主义者。

往花上数百法郎买一张安格尔的素描，但为付一杯饮料钱讨价还价，说是贵得离谱；人们说他的性格与天气一样反复无常：早上还是晴朗的天，下午就阴云密布。他承认自己有“神经质的天性”。

画商安布瓦兹·弗拉尔回忆起与他的一次谈话，当时德加把他的一个同事说得一无是处。

“您的脾气坏得出了名，德加，不必展现您好的一面了。”

“我是坏，但坏得有道理；我心知肚明。”

“行啦，德加，别在自己的个性上再涂黑啦！事实上，您慈悲为怀。”

“不，弗拉尔，我不要做善人。”

奥古斯特·雷诺阿对他的评价是：“他永远牢骚满腹，直至他临终那天。这是他的天性。否则，他不叫德加了……”

玛丽在为他创作《小舞女》摆造型时，常向她的母亲抱怨德加的性格反复无常。她动作做得不准确，他就训斥她，几分钟后，又会给她巧克力吃。

这个深居简出的人，这个大隐隐于世的画家，他走出他的画室就不知如何生活，但每天晚上他照例要上街散步，出门时，必向他的女管家说一声：“工作完毕散步。”他每请必到，不是去哈雷维夫妇、瓦尔班松夫妇的乡间别墅，就是去布拉卡瓦尔夫妇的乡间别墅度假。为了治疗他的支气管炎，他毫不犹豫地接受他的医生建议的各种治疗方法。

1890年，他已经五十六岁了。一天，他感到了衰老的先兆，心想，他不能不去看看勃艮第的葡萄园就死去。

他把这个想法对他的朋友，热罗姆的弟子巴尔托罗梅说了；就因为他与后者的艺术品位和工作方法迥异，因此对这个成天情绪低迷、呆头呆脑的人产生了一种特殊的感情，恰巧这时，巴尔托罗梅丧偶不久，在巴黎到处唉声叹气。德加很喜欢与这个天分平平，但认真刻苦，对朋友两肋插刀的雕刻家做伴同行。

“去勃艮第散心？”巴尔托罗梅说道，“为什么不？这可以让我换换脑筋嘛。”

“我呢，我可以换换空气。我们将去品尝我的朋友雅尼奥家的葡萄酒，他住在离第戎不远的第埃奈。他是聋子，而我几乎是瞎子，我们天生就是默契的一对。不必坐火车去，坐火车乘客都变成烧木炭的了。我们坐轻便双轮马车去。我负责找马车和车夫。这不是一次远行，几天足够了。”

结果他们玩了三个星期……

德加在苏西昂布里呆了几天，又出发到蒙吉龙，是路德维希和他的儿子达尼埃勒一路护送去的。巴尔托罗梅亲自驾马车，他在拖马车的白马身上披了一条带条纹的罩袍，使其更像斑马似的。天上下着蒙蒙细雨，罩袍变成了灰色。

雅尼奥听说这两个知名人物来访，早就化装成宪兵模样，骑在马上要他们出示通行证。他的一个下人穿得像个副市长，向他们献上带垫盒的本城钥匙，接着像个部长似的宣读欢迎词。当地乐队奏响了激情奔放的乐曲。妇女们从她们的窗台上向他俩抛扔鲜花，向他们飞吻致敬。一桌盛宴在等待他们，上面有许多海鲜。

皮埃尔－乔治·雅尼奥原先是职业军人，早就把佩剑换成画笔和雕刻刀，为龚古尔、雨果和都德的作品制作插图了。

他俩的这次旅游非常刺激，每天都有新的惊喜。首先是饮食。德加在日常生活中非常节省，自然不会放过美味佳肴。在他给友人的诸多信中，多处提到了让他大快朵颐的乡村特色菜肴。他写道："在埃尼勒杜克的朋友家里，他们为我们准备了匪夷所思的醋汁小黄瓜，色彩斑斓，简直像一座浸在醋汁里的迷你花园……"

他在给达尼埃尔·哈雷维的简短的信中，提到他租用的这匹马时，他写道："比起谷物的话，它更喜欢荞麦，每天要吃去十八升！"

他的信充满了欢乐和激情："世上只有一个国家，那就是我们的祖国。"他俩用河水为马洗澡，品尝佳酿，看乡下人收获葡萄，参观著名酒窖和寺庙，那里散发的果汁味胜于香火味。

他给达尼埃尔·哈雷维写道："我们吃得太多啦，价钱便宜得离谱，每餐只要三个法郎！"他又写道："还想回城里，继续追求那可笑的理想吗……"这个出尔反尔的家伙，他还记得他说过厌恶大自然的话吗？

在说到充当他的临时总管的那位旅伴时，他写道："巴尔托罗梅是理想伙伴。他外表长着苦修士式的胡子，内心却像马车夫那样质朴。我是个疯子，居然想到这次旅游；而他是智者，把这次旅游组织得如此完美。"

旅游给他们带来了快乐，也带来了考验。巴尔托罗梅的一只手被大胡蜂蜇了，而德加的肠胃不适，不得不服用阿片酊和铋剂。他们的马走得很慢，照他的说法，"比女人的莲步都轻盈"。他们造访了画家让-路易·弗兰[①]，后者穿着意大利民族解放运动的制服，蹬着脚踏三轮车来迎接他们。

10 月 18 日，他们来到了终点地穆伦[②]。巴尔托罗梅的手没有消肿（这可是雕刻家的手啊），而德加的肠胃仍然不适。一次心旷神怡的旅游以悲剧方式收场。秋雨连绵，打在雨篷上噼啪作响。

德加这次回到巴黎成了他的生活转折点。他是否意识到，

---

① 让-路易·弗兰（1852-1931），法国画家、漫画家。擅长画讽刺画。

② 离巴黎东南四十六公里处的一个镇政府。

这次出游竟是他的出游癖好的终结，也是他从此深居简出的始点？

他将与他的大多数印象派朋友们断绝关系，只剩下戴斯布丹和苏珊·瓦拉东。他不再有玛丽·加沙特的消息。有人告诉他，她已回到卢瓦兹省梅斯尼-戴里布小镇的博夫雷斯纳古堡定居了。她要照顾她年老而多病的母亲，从此再不出门。德加给她写信，她也懒得回。她几乎双目失明了。

12月的一个清晨，德加又一次接见了夏洛特·冯·哥泰姆。

她获准在柴可夫斯基的三幕芭蕾舞剧《睡美人》中担任重要角色，舞蹈家兼舞蹈设计家佩季帕编舞。媒体再次表彰她的天分，不过这次没有溢美之辞。她仍然单身，但生活充实；她有一个理想：将来在大剧院当一名舞蹈教师。

她同时带来了有关玛丽的消息，令人失望：德加的斡旋没有成功。

“这下，我想她是完了……”她说道。

12. 灰鹦鹉酒吧

德加决定再也不去歌剧院的排练厅和后台了，他要与跳芭蕾的女演员们断绝往来。突然之间，这些穿短裙的芭蕾舞女演员就像一群白蝴蝶似的遭到了风吹雨打。他勾勒或入画的最后几个女演员虽是写实主义的，但令人伤心失望。画面上的形象不是疲惫不堪、郁郁不振，就是沮丧绝望。从这些角色身上再也得不到美感的享受了。再走一步可能就是人间地狱。

多年来，在她们练习或排练时，他一动不动地躲在楼梯的一角，截获她们小腿舞动的瞬间，他感到了美的冲动，有人甚至说是性感的冲动。然而这都是明日黄花了。

可以说，他已不迈出他的画室一步，在用他的记忆完成他最后的画作。他只有在傍晚时走出家门，拿起手杖，戴上帽子，雨天还披上斗篷，不忘对左爱说上一句：

“我如在咖啡馆坐久了，您就先吃吧。”

再次见到玛丽成了他的一块心病。尽管查找看来是没有结果的，德加认为还是要找，他不同意像夏洛特所说的玛丽就此完了。这个女孩如今已成为一个真正的女人，多少有点儿是他本人的作品。对玛丽来说，他在某种程度上已替代了她父亲的角色，特别是她的神话的创造者，他原本是担当不起的，这是她母亲的错，也是她自己的错。他责备自己在为她创造了一个超越她自身的奇迹之后，没有对她足够关心和重视，以致使她放任自流了。他琢磨当时如用了另一个模特儿，他的作品就不会具有如此浓烈的神秘色彩。从这个意义上说，玛丽是唯一的。

他隔一个晚上，总会不由自主地去黑猫酒吧附近转转。

他买了几张罗道尔夫·萨利以自己的名字创办的小报，该报每星期六出版，第一个版面中有一个毛发蓬松的大公猫的形象，背景是一个磨坊。他希望在读者反响的栏目中得到有关玛丽的信息，但这张专门刊登“蒙马特花边新闻”的报纸什么消息也没提供。

于是他决定亲自深入到这个艺术家汇聚的酒吧，罗道尔夫·萨利曾夸张地说它是“世界的大脑”。

画家阿道尔夫·维莱特完成了酒吧外墙的装饰，画了一组富有象征意义的形象，不亚于印度寺庙的图案。在酒吧内部，他挂上了自己创作的大幅油画，画面杂乱无章，主题是蒙马特式的磨坊和狂欢节的景象。酒吧的主厅有点像带穹顶的酒窖，点缀着一组素描和油画。

从严格意义上说，德加虽不是黑猫酒吧的常客，但他以前经常去那里歇歇脚，特别是在他搬家到离酒吧不远的维克多-马赛街之后。萨利也买过他的一幅表现女舞蹈演员的雕塑作品，邀请他参加前面有一个大壁炉的梯形会议室举行的会议。

萨利经常刻意炫耀自己对艺术和文学的兴趣。他穿着古代德国骑兵的制服，戴着像被炭火烧红的棕色假发套。

一天晚上，德加毅然去了这家酒吧，萨利张开双臂对他表示热情欢迎。

“您终于来啦！再不来，我会想您在生我的气吧。”

“这是因为我老啦，我的朋友。我愈来愈少出门了。”

“我们要为德加先生的到来庆祝一番。快上香槟！”

“别为我破费啦，我来只是想打听一个人：玛丽·冯·哥泰姆，此人您肯定认识。您知道她现在如何？”

“我想，您是在说您以前的模特儿吧。她由她的母亲陪伴着经常来；她母亲就是个拉皮条的，帮助她在大街上寻找嫖客。我最后一次看见她，是在……请等等！啊！想起来了。那是一天晚上，一群郊外的流氓来寻衅滋事，我的一个仆人被杀。自那天起，我再没见过她。她是您的一个亲戚吗？”

“可以这么说吧。您知道她住在哪儿吗？”

“完全不清楚。我所知道的，是她不与她的母亲一起住了，因为最近都是她一个人来的。倘若您有好几个月没看见她了，可能就找不到了，因为她是个行踪不定的人嘛。客人之所以对她感兴趣，是因为她当过《小舞女》的模特儿；他们请她喝酒，是因为能让她说说这件作品的创作过程。我记得，有一天晚上她要跳几步芭蕾舞，我不得不把她赶出去了。”

他又说道：

“也许您去米尔利通附近的布鲁昂酒吧，或者卡扎尔附近看看收获更大，都在本地区。在出门前，您如高兴，请上二楼，阿尔贝·沙曼即将朗诵他的诗作。酒您留着，本店的礼物……”

德加在黑猫酒吧的进口处逗留了两个钟头，注视着人行道上来往的人群和进门的客人。他们进酒吧是为了听阿尔贝·沙曼朗诵或是为了喝一杯，兼听老板唠叨。

次日，德加继续在米尔利通附近转悠，每天晚上在这家酒吧，客人都要齐声歌唱布鲁昂①的歌曲：

我在黑猫附近转悠

寻觅发财之道

---

① 布鲁昂（1851－1925），法国著名小调歌手。

夜晚在蒙马特

月色清朗宜人……

德加等布鲁昂唱完歌向他提出了问萨利的同样问题。歌手像平时那样穿着黑绒礼服，披着红绶带，足蹬皮靴，头戴宽边毡帽，神色严峻。

“您是说玛丽·冯·哥泰姆吗？我听人说过这个人。我记起来了，这个女孩为您当过模特儿。也许晚上她会来的，但我不希望见到她。她到处卖淫。您要给她带什么话吗？”

“我只是想打听她的消息。”

“那么我叫人给您送一杯白酒，您耐心等待……请原谅！您听见喧哗声了吗？他们在起哄，要我唱我的一首成名曲《在巴蒂尼奥勒大街》。”

时钟敲响十点，一对有产者进门，布鲁昂手下的一个人哼着传统的带讥讽口气的老调迎接他们：“啊，欢唱吧，老熟人；欢唱吧，大声欢唱！”

德加等得实在不耐烦了，决定走人；这时，一个侍仆对他说道：“德加先生，倘若您要找玛丽·冯·哥泰姆，我想我知道在哪里能找到她：去灰鹦鹉酒吧吧。她每天晚上，或几乎每天晚上都去，身边总有英国绅士，为她拉皮条的……”

“英国绅士？肯定是绰号吧。他的真名叫什么？”

“您问得太多了，我仅知道他的绰号。三四个月之前，他包养了玛丽；表面看，他很有钱，但依我看，他不比您我更绅士。”

德加从兜里拿出三个小币感谢侍仆提供的信息，接着回到家中，左爱大概等得心烦意乱了。

德加寻觅之路的第三站该是灰鹦鹉酒吧了。这家著名的酒吧设在斯坦盖尔克街上，通向罗斯苏阿大道。这家兼卖淫的酒吧以提供男女两性服务闻名，侍女只有在专人陪同下才能登楼入室，服务热情，明码标价。

德加从前用铅笔勾勒淫秽场所的情景时常去这个地方，因此他熟门熟路。

这是十二月的一个夜晚，天上下着雨，寒气逼人。斯坦盖尔克街上商家招牌闪烁，花枝路灯明亮，但似乎仍然阴森森的，危机四伏。德加即便身上带着枪，也是提心吊胆的。

他刚刚离开大道往酒吧走去时，便在人行道上的两边被拉皮条的纠缠不清，“一次三法郎”的话不绝于耳。在这些人之中，还有一些不知廉耻的女孩掀起她们的裙子，露出尖尖的屁股。

他来到灰鹦鹉酒吧门前，又想打退堂鼓了。他来这个龌龊的地方干吗？或是鬼使神差，或是听了甜言蜜语，他肯定能坚持住吗？他能说服玛丽改邪归正吗？再说了，他有什么权利这样做？她会不会想，他来只是出于卑劣的好奇心理，想目睹她是如何堕落的？

他终于打消了这些念头，鼓足勇气，进入大厅。在前厅他受到两个穿带风帽蓝长袍，脸色像非洲清洁工的图阿雷格人的欢迎。大厅内水晶吊灯光芒四射，餐桌与小圆桌上摆满了酒瓶，一个假扮黑人的琴手在弹钢琴，姑娘的浪笑声处处可闻，纸醉金迷的夜生活已经开始。

德加在一张凳子上坐下，突然想起《酒吧女神》的作者，这里的常客——拉乌尔·彭雄的一首诗：

刚进门，女主人对您说：
所有夫人都在客厅等待，
英俊的金发小伙啊，您将受到她们欢迎，
其温柔亲切无与伦比……

大堂女经理对他说了一番客套话，嗓门略有差别，措辞也不那么富有诗意。这个袒胸露肩的中年女子问他在挑选之前需要喝什么。只见旁边透明的大房间里，穿着半裸的女孩子叽叽喳喳吵闹不休。德加仅要了一杯啤酒，这个女人做了一个鬼脸，因为其他桌上的客人点的不是香槟就是果汁。

“夫人，我能向您打听一下吗？我在找一个女孩，听人说，她可能是您的食客。她名叫玛丽·冯·哥泰姆。”

“先生，叫玛丽的，我们这里有三个，但我不知道她们的姓。冯·哥泰姆……我没听说过，除非……”

她指了指大厅里端的一个男人，此人正在读报，面前放了一杯兑水白兰地。

“我只认识他，他可以为您提供信息。他是女老板的儿子，大家称呼他绅士。请等等……”

她走过去与那个名叫绅士的人说了几句话，后者放下报纸，起身，德加坐在他旁边的座位上。这是一个三十岁左右的英俊男子，长着一头棕发，皮肤细腻，神色严峻，蓄着上光的短髭，漂亮得像广告上的形象。他歉了歉身，给德加让座。

“我如何称呼您，先生？”

“埃德加·德加。”

“画家？”

“是的。这位夫人大概已经对您说了，我希望会见玛丽·冯·哥泰姆。”

“好的。”绅士说道。

他的脸上带着嘲讽的微笑，请德加喝一杯香槟或是兑水白兰地，德加宁愿喝他的啤酒；要一支英国香烟吗？德加宁愿抽他的小雪茄。

“玛丽在楼上忙着，很快就会下来。过后，她属于您……”

“年轻人，请别误会，我只是想看看她，与她说几句话。”

“时间选得不合适啊，德加先生。瞧！客人那么多，我们的小姐大概没有时间与客人聊天。倘若您能明天中午过后来，您就有足够的时间了。从某种意义上来说，玛丽是我的女人。我与她之间无秘密可言，您对她说的话，我都会知道的。我想，您是想再次请她为您摆造型吧？”

“我不是这个意思。我再重复一次，我只是想再见见她，说几句话。我很久没有她的消息了，很不安，她的妹妹夏洛特也很着急。”

绅士点燃了一根烟，吐出第一口烟，恼怒地喃喃说道：

“夏洛特……请别对我提起这个傲慢的女人！很久之前玛丽就不想见她了。撮合她俩言归于好是不可能的。请您放心，玛丽身体很好，而且有很好的东家，我和灰鹦鹉酒吧的老板娘——我的母亲都是她的好东家。我们不必可怜她，就像我们圈子里的人说的，她是个鸡儿。”

他把一只手放在德加的肩上笑着说道：

“也许我得罪您了？”

“一点也不。我还听说……”

“玛丽与我一样不会对您说得更多，德加先生。这些年来，您对她一直抱有兴趣，我很清楚，她也是。我会把您的来访告诉她的。”

德加喝了一口啤酒壮壮胆，接着说道：

“请允许我坚持。倘若今晚我见不着她，她至少得给我约定个时间。我有许多话要对她说。”

“我呢，先生，尽管我对您充满尊敬，我还是只有一句话想对您说：您让我讨厌！所以，请您尽快喝完这杯啤酒，在我没生气之前趁早出去。”

“您想阻止我对玛丽说话吗？太过分了！她是您的奴隶吗？我就在这里等她，我也有这个权利，因为我支付了啤酒钱！”

绅士口气缓和些了，指着那两个假图阿雷格人又说道：

“我只要向这两位大力士做一个手势就可以把您赶出去，但我不这样做。酒吧里有《小报》的记者，偶尔有新闻，他会很兴奋，并且要加以利用的；而您也是第一个会后悔的。我就当一回好心人吧。如果您想，就在我们包养的女孩中选一个，上楼吧。这次免费，除非您要玛丽……”

“您真令人恶心！”

绅士的兑水白兰地喝到一半禁不住笑了。“啊，您得知道，我与道德之间……我也听到过其他人像您这样说话的，但我坚持认为，我从事的是一项高尚的事业，与画家一样对社会是有益的。我们的客户中有许多是知名人士，他们可以作证。其中有一位最近还对我说，我是性欲的救世主。这个提法很恳切，您说呢？”

这时，他又与大堂女经理商谈一位客人对账单提出疑问一事，接着又说道：

“请原谅，德加先生，我得眼观四方，耳听八面。我重复一遍，玛丽生活得很幸福。她很安全，前景看好。我甚至想娶她呢。她与我，要不了多久，我们将去马赛，在那里创办一家灰鹦鹉酒吧的分店。”

“马赛，”德加厉声说道，“东方的门户……绅士先生，我才不那么天真幼稚呢。在那里拐骗妇女为娼，有大把的钱可赚是吗?”

他还没等对方来得及反驳，就起身戴上帽子，找到手杖，向出口处走去。在他准备跨出前厅之际，向楼梯扫了一眼，激动得不能自持。

玛丽穿着敞开的睡衣，正慢悠悠地从楼上走下来，似乎在与一个挽住她的胳臂的男人开玩笑。陡地，她呆住了，靠在扶手上，把一只手按住自己的脸，转过身子。

13. 清朗的黄昏

埃德加和我，我们有好几个月没有见面了；在没有确信能把我的计划付诸实施之前，我并不希望与他再次交谈。写作在顺利进行，甚至可以说基本上完成了，于是我决定到克里谢大街上把这头老狮子从兽穴里赶出来。自从他在他的女友苏珊·瓦拉东的帮助下，于1912年从维克多－马赛街迁出之后，他一直都闷闷不乐，无精打采。

多亏书面和口头的一些资料，我基本上清理出画家与他的模特儿玛丽·冯·哥泰姆之间往来的脉络，虽没遇到很大的困难，但倒需要足够的耐心。夏洛特·冯·哥泰姆小姐如今已经四十五岁，是歌剧院的舞蹈教师，她给了我巨大的帮助。

写书与我的记者职业并行不悖，相辅相承；我总是紧紧遵循一个原则：尽可能掌握和表现这两个人物及他们周围人的事实，但也不言而喻，在环境衬托、人物对话、时间顺序上必须留有一定的自由度，这是小说家的权利，因为，我得强调一点，这毕竟是一部小说。

我知道这位艺术家性格孤傲、尖刻，有时很粗暴和自相矛盾，对自己的私生活不愿多说，因此我只是瞅准难得的机会设法套出事实真相和他的隐私。我收集资料的工作主要集中在其他人物和外在因素上，避免无休止地直接仅仅关注这两个人物，当然也以忠实或基本忠实原貌为准则。

向德加透露我将完成我的计划本身就是一个考验。当初，我把以雕塑《小舞女》为主线写一部小说的打算告诉他时，他放声大笑。他的怀疑态度我至今仍记忆犹新。您要写的是一篇文章、一篇随笔、一部自传还是一本小说呢？不管是什么，他都认为这个想法荒唐至极。他问，有谁对这些陈年烂事感兴趣呢？

我极其谨慎地试图勾起他对往事的记忆，但经过几番试探之后，我不得不放弃了。听人说他的记忆力是上天所赐，但事实上往往很不准确。我在他的叙述中发现自相矛盾、杂乱无章到了令人难以容忍的地步，感觉到自己走上了一条充满荆棘之路。话又说回来，有些时候，他提供的一些细节十分真实可信，难以质疑。

左爱看见我十分惊讶，我也是，因为我早就听说，她很快就要回乡下去了。

“朗贝尔先生，什么风把您吹来了！我们有好几个月没有见面了吧。我的东家看见您来会很高兴的。您来得正是时候，今天他的情绪很好。总之不太坏吧……我这就去通报。他正与保尔·瓦莱里先生在一起，是的，就是那个诗人，一个可爱的小伙子。他们已经是朋友了。”

“我不想打扰他们。”

“行啦！我再说一遍：今天他的支气管炎没有发作，因此也不怎么抱怨。今天早上他还抽了几支烟呢。”

主人迎接我的倒不是埋怨，而是支气管的呼噜声。他抱歉说，由于得了风湿病，他不便离开他的沙发。他向我介绍先我而到的客人，我记得在一次文艺界大示威时我曾见过他，但没敢接近他。

“瓦莱里……”德加说道，“您肯定听人说起他，是吗，朗布雷西先生？您将会看见，他前程无量。一个创作天才！是这样，是这样的，保尔，别那么谦虚嘛。他出生在赛特，离科西嘉不远，母亲是阿尔及尼亚人。”

“意大利人。”瓦莱里纠正道。

“准确地说，是地中海人。”

“愈说愈离谱了，德加先生。”诗人抗议道，“您等着我拿出证据来。”

“我觉得他只有一个缺点，也许是两个。我很难理解他的诗作和他的完美主义。您知道我给他起了什么绰号吗：天使先生。他听了怪不好意思的。”

我记得一次去意大利旅游返回时，在赛特逗留过几天，于是对他说我很喜欢这个港口。他对我说，他十一岁时，霍乱病蔓延，之后，家人带他离开了那里。他先住在蒙贝利埃，二十岁时迁往巴黎。他曾见过其他几个诗人，如斯戴法纳·马拉美和皮埃尔·路易，后来都成了他的朋友。他在哈瓦斯[①]新闻社谋取了一个职业，是勒贝先生的秘书。

“保尔，”德加说道，“我想，朗布雷西先生肯定会爱读您最近写的一首诗《海坟》，您能朗诵几句吗?”

瓦莱里脱去他的单边镜片，清了清嗓门。

“您真的对这首诗感兴趣?”

“别再谦虚啦！我能肯定。朗诵吧……可别对我说您做了修改。这首诗已经很完美了，马拉美也写不出来呢。”

“这么说，好吧……‘鸽子在屋顶静悄悄地走着……’”

他朗诵完最后一个音节后，我真心实意地对他说好，但他似乎并不在意，好像他在朗诵时睡着了，还没醒来。我记得莱翁·都德说到这个四十岁上下，纤细文雅，蓄着小胡子，戴着单边眼镜的男人时不屑的口吻：“这个愣头愣脑的瓦莱里……”这是这个毫不留情的天才笔战家通常的语气。

我注意到了，自我第一次来画室后已经几个月过去了，

① 哈瓦斯（1832－1858），法国出版家，哈瓦斯新闻社创始人。

这里仍然凌乱、无序、肮脏。德加拒绝他的女管家和他的小保姆阿尔让蒂娜打扫。

《小舞女》的雕塑格外引起我的注意。它仍然被安放在画室的里端，外面加上了一个玻璃罩，有点像钟罩。德加早已拒绝，并将会永远拒绝放手，包括这件作品的素描、草图，因此在壁橱、桌子、小圆桌和书架上到处都能看见这些东西。

画室的其余部分则被粘土盒、蜡盒和一堆堆石印石占满了，黑糊糊的房间四周都是照相板。一摞摞素描和透明纸像一张张枯黄的树叶插在支架上。一层又一层油画框反靠在墙上，我们看不见画面。板壁上格列柯与德拉克洛瓦，安格尔与印象派画家比邻而居。整个房间就是一个在创作过程中的绘画陈列馆。

主人穿着工作服，上面星星点点沾满了已干硬的墨汁和颜料的痕迹。他那张像老荷马似的脸几乎没有皱纹，额头宽阔，灰色胡子蓬松，眉毛弯弯的，洋溢出一种黄昏时的清朗气色；在他那昏花的眼神里，时不时地还透露出智慧和愉悦的光芒。

德加请求瓦莱里到客厅去拿一本像出土文物似的又厚又重的照相册，放在自己的膝上；他打开相册，开始翻阅，喉头发出轻微的咕噜声。

在我第一次来访之前，就知道德加虽然声称自己是科学和技术进步的敌人，但他对照相情有独钟，认为拍照是一门完全特殊的艺术。

本世纪末，他在阴暗的房间里对照相萌生了激情，后来简直到了痴迷的地步。他本是色彩大师，居然接受把自己关进黑白的世界里……我简直不敢置信。他说，关于明暗的主题，已有杰出的大师在先，如伦勃朗，勒南[①]，乔治·德·拉杜尔[②]。但我觉得他说的事纯属借口，因为在这些艺术家的作品里，尽管色彩被淡化了，但永远是存在的。我与大多数同行的看法是一样的，我们认为，照片作为一个提供信息的手段，其瞬间的准确性比艺术强。等哪一天，人们可以拍彩色照片时，也许未来会否定我的观点。

我问德加是否有兴趣把他拍照的原始器材束之高阁而改用美国专业人士乔治·伊斯特曼[③]创办的全球第一家柯达公司使用的材料，他们用胶卷取代了涂上胶棉的玻璃感光片。

不管怎么说，照相术是一种有用的手段。也许有朝一日会成为艺术，但依我看，它永远取代不了绘画和雕刻。

瓦莱里对照片和电影中的色彩深信不疑，认为这不是一个改革，而是一场革命。

我总有一天会请德加向我解释，是什么使他一反常态，

---

① 勒南三兄弟均是17世纪中叶法国知名画家。

② 乔治·德·拉杜尔（1593－1652），法国画家，画作时而用白时而用黑做底色。

③ 乔治·伊斯特曼（1854－1932），美国工业家，发明了透明胶片，创建了伊斯特曼柯达公司。

对照相技术如此感兴趣。但眼下，我只希望他简单谈谈自己的看法。

“我坚持认为这是一门艺术，”他说道，“比您想象的要复杂得多。妈的！我为达到不太令人失望的效果用了多少底片，费了多大的事啊！照相这玩意儿不会宽恕你，也不会背叛你，您知道我为了达到真实的效果花了多大的代价吗？”

从德加有悖常理的诡辩中，我们可以猜到，由于他视力不济，照相可以弥补他创作带来的许多不便。照相为他打开了虽说有限的创作空间，但可以使他忘却了自己的残疾。他向我们展示的照片多数是室内照，因为他惧怕面对日光，或是过分强烈的灯光。

在我搜集玛丽·冯·哥泰姆的资料时，遇见了路德维希·哈雷维的儿子达尼埃勒。我们谈到了模特儿，他对此所知甚少；也谈到德加和他的品位，他认为他在家中为他家人拍照要求太高，甚至无礼了。

“我记得，”他说道，“有一天他从天而降来到我家，背着他的笨重的照相器材，声称：他将为我们带来一个愉快的夜晚——不过首先是他本人感到了愉快。他的所作所为就像是个暴君，大家听他的指挥移动位置，用了很多时间调整灯光，不仅脸部特征，甚至连手和物件都要纤毫必现……他要众人摆姿势，一一纠正，倘若我们动了或是笑了，他都会发脾气。

不知过了多长时间，他觉得满意了，就大叫：‘就这样！’可当有个人又动了一下，或是做了一个鬼脸，一切都要重新开始。大叫大嚷，怒不可遏……我想象到他的模特儿所受的罪，真是不寒而栗。可怜的玛丽·冯·哥泰姆啊，真够她受的了！”

德加吩咐小保姆打开灯光，又请左爱把灯光对准相册。

“瞧，”他说道，“这张照片是做完弥撒后在户外拍的……这张是海边的风景，上骚姆的圣－瓦莱里[①]边上的奥尔奴海岬……”

接下来展示的是室内照片，在哈雷维家拍的；达尼埃勒的妻子路易丝在长沙发上睡着了，她的丈夫在她的身边，膝上放着一本书；还有一张是德加呆在路易丝旁边，在灯下看报。

突然他爆发出一阵大笑，尖锐的笑声像母鸡在下蛋，他用手指指着样片说道：

“我的朋友，这张真要笑死人了。那是模仿安格尔的一幅油画《荷马的加冕典礼》拍的，只不过我不是荷马，拍照人也不是安格尔，而是年轻的美国人瓦尔特·巴尔纳。美惠三女神为我加冕，而两个英俊小伙坐在花园的石级上，匍匐在

---

① 法国毕卡底地区的首府，骚姆河流向英吉利海峡。

我脚下。瞧我的表情，严肃庄重得像教皇……”

他又翻过几张样片，自言自语道：

“凡尔哈伦[①]……奥尔丹斯·豪朗……巴尔多罗美……几个光屁股的模特儿。别看了！再看看我喜欢的那几张吧。会让你们目瞪口呆的，是吗，我的朋友？”

他给我们看了一组两次曝光的照片，黑黢黢的一团，依稀浮现出几个脑袋、四肢和一些物件，相互之间毫无联系，仿佛房间遭遇地震，人体被肢解了。明明照片没拍好，德加却认为是艺术的极致。我说这几乎出于天才之手，瓦莱里投向我一个置疑的目光。

“我要向你们亮出一张照片，虽说是天才的艺术家基乌赛普·普利茅利伯爵的杰作，但我不喜欢。看哪！照片上的我正从巴蒂尼奥勒大街的公厕出来，在扣裤子上的纽扣。这个不雅之举幸而部分被另一个人掩盖了，否则我就大出洋相了！你们想想，倘若有一个记者得到这张照片，岂不成了全巴黎的笑柄了吗！”

达尼埃勒·哈雷维在谈到这位老人小便失禁时说道，在德雷福斯事件[②]期间，德加有一次参加一个法国行动大会，正巧尿急，并且告诉了坐在他旁边的笔战家莱翁·都德[③]，于是

① 凡尔哈伦（1855－1916），用法语写作的著名比利时诗人。

② 陆军上尉德雷福斯被人诬陷出卖军事机密，后引发法国政治危机，最终恢复了名誉。

③ 莱翁·都德（1867－1942），法国作家、政治家，阿尔封斯·都德之子。

两人出去找厕所，一无所获。都德只得把他推进衣帽间，德加出来后显得轻松舒畅多了。

德加吩咐他的小保姆阿尔让蒂娜端上一杯琥珀色的饮料，我喝了一口，有点儿像茶的味道。天色已晚。通常正是他外出透透气，伸展四肢，去咖啡馆的平台上喝一杯热牛奶的时候。他决定不出门了，一是因为我们交谈甚久，他的支气管炎又犯了；二是外面有点凉。

于是瓦莱里夸奖他的相册，以此安慰他。他叹了口气说道：

“唉，我的孩子啊，年老体衰，多么悲哀啊……我居然必须戒掉烟瘾了！朗布雷西先生，我希望，我唠唠叨叨不会使您生厌。我唯一留下的东西就是我的记忆了。因此，我很高兴追忆往事，就像再读一遍过去的情书似的。是啊，我唯一留下的……”

在他众多的自画像中，他的一只手的手心始终向内，此刻，他把这只手转了一个方向，谈到了他的画室，谈到充塞着他的画室里的坛坛罐罐。

他向我转过身子，仿佛在用目光搜寻我似的，又说道：

“朗布雷西，小玛丽的资料搜集工作进行到哪一步了？材料充实吗？我们最近一次见面时，我向您提到了我自己如何搜寻的，以及我在灰鹦鹉酒吧的遭遇。她眼下可能在哪儿呢？

与那个无耻的英国绅士在马赛吗？躲在某个窑子里，或是在黎巴嫩的某个阿拉伯王子的后宫？夏洛特也没有她的消息。让她回忆往事也相当困难吧？”

“毫无困难。这些记忆对我十分珍贵。她像您一样，有很强的记忆力，并且时间宽裕。随着年龄增长，她尽管有点发福了，但还是很有魅力，热情可爱，表达能力特强。”

“您会让我看您写的书吗？”

“肯定会……倘若有哪家出版社要，您将是这本书的第一个读者。我是得到您的很大帮助的。”

瓦莱里显得很惊讶。

“一部小说，朗贝尔？有关《小舞女》的一部小说？这个主意不错。我希望你能对我谈谈，虽然我对小说……”

“悉听尊便。约定一个晚上，譬如在蒂诺肖酒吧，我请您。”

“十分荣幸。我们之间似乎有许多话可说。”

他做了一个小小的鬼脸，把单边眼镜往右眼上推了推，歉了歉身，向他的老朋友告辞。我也告辞了，临行前说了一句：

“德加先生，倘若不太妨碍您的话，我希望很快再能见到您，还有一些细节要请教呢。”

“看您的方便，朗布雷西，看您方便吧。您永远是我的座上宾。”

瓦莱里和我，我俩走上街头时，一场骤雨倾盆而下。他让我躲在他的伞下，陪我再走几步。

“左爱的茶我们刚品尝过，换换口味吧。附近有一个酒吧，我请您去喝一杯，意下如何?”

我接受了他的邀请，暗忖顺便可为他写一篇扬名的文章，再配上德加为他拍摄的一张照片。因此，我不反对与这位诗人、口若悬河的评论家交谈一次，他的评论也足以证明他的才华不亚于马拉美。

我们首次交谈的话题并不是德加，而是他关于德雷福斯事件的政治见解。他一直是排斥犹太人的，他真的会投入战斗吗?我始终不想冒险与他谈论这个话题，因为我们会因此而吵架，他也会把我拒之门外的。他对这位年轻的犹太军官进行了猛烈抨击，从他的话语中，我感觉到他自己也是疑虑重重。这是他性格的体现:他永远处在自相矛盾之中。

“使我感到不解的是，”瓦莱里说道，“德雷福斯被证明清白，重新加入军队并且升了一级，还获得了荣誉军团勋章，但德加怎么仍然坚持他有罪呢。”

“我怀疑他真的会这么想。他如此固执己见，拒绝承认自己的看法错了，那是为尊者讳的缘故。他实在害怕受到屈辱。”

“但也不至于……他天天看《自由之声》上面德鲁蒙的文章，简直成了他床头上的必读书了。”

瓦莱里对我说，左爱即将离开他，而小保姆阿尔让蒂娜也呆不长，他只身一人过日子是难以想象的。

“放心吧，朗贝尔，他不会单身久的。他的一个侄女就会来照料他，何况他还有忠诚的朋友，如戴斯布丹，巴尔托罗梅，特别是苏珊·瓦拉东，他不时去科尔多街她的画室看她的。他也没有说过就不与达尼埃勒·哈雷维来往了……”

“苏珊·瓦拉东……人们不是对他们之间的关系议论纷纷，还见诸笔端吗？她仅仅是他的模特儿，还是他的情妇呢？她总是矢口否认。”

“依我看，什么都不是。即便她为他摆造型，她的肉体也是不露的。德加只是从她的肉体获得灵感，凭想象画就他的某些裸女的。何况她还说过：‘德加在追求我？料他没有这个胆量……’您知道她的一个女仆，漂亮的萨比娜是如何形容德加的吗？她说：‘德加先生不像个男人……’他对女人的态度永远是个问题。”

瓦莱里希望更多地知道我的资料收集工作，以及德加与玛丽的关系。

“他居然同意给您说出点什么，真让我大吃一惊，”他对我说道，“他对您有所帮助吗？”

“有也没有。他说出了在歌剧院后台的情形，以及玛丽为他摆造型种种细节；但他从没向我透露与玛丽的私下关系；倘若真有那么回事，我会感到很意外的。”

“夏洛特给您提供更多的信息吗？”

“她说的话对我很有用，甚至可以说是必不可少的；不过，她让我保证别去增加玛丽的负担。安托瓦内特的命运，她倒是漠不关心的，因为她俩不和，这个大姐原本该为她树立榜样的，但从某种意义上说反而背叛了她。在这个家中，真正的罪人是她们的母亲。她就像是后娘似的虐待她的三个女儿；而生活条件，以及下层街区的生活环境也是个因素……”

他问我小说写到哪一步了。

“我正在重新梳理情节，工作中苦乐参半。我想，再过几个月，您就能读到了。我已经与另一个出版商阿尔班·米歇尔打交道了。他似乎很感兴趣。再看吧。现在，我亲爱的诗人，请允许我为您的成功干杯……”

一天傍晚，我白天的工作结束后，回家时天在下雨，于是我到维克多·马赛街与弗洛肖街的转角的一家小酒吧避雨。眼前小广场上围着一座座漂亮的矮平房，像轻歌剧中的道具似的。我很高兴看着行人撑着雨伞，步履匆匆地穿过。

我正拿起酒杯喝第一口时，蓦然看见一位老人蹒跚地往前走。他身穿黑色套装，头戴已经走样的礼帽，帽檐露出了几缕白发。我睁大双眼，终于认出是德加，他正在完成黄昏的神圣散步呢。一辆出租车把他的裤管溅湿了，他破口大骂，挥舞着他的手杖。他肩披的斗篷被雨淋后亮闪闪的，因此他整个人就像从水中被抛上岸的一条硕大的黑鱼。

他刚拐过弗洛肖街，马上将走上维克多－马赛街。在他被迫迁入克里谢大街之前，将近二十年间，他在这条街上有他的画室和公寓。

我从酒吧走出上了平台，目随他了一阵子。他行走在大马路上，斥责不把他当回事的汽车司机。我看见他停在路中间，用手杖探来探去，寻找街沿，最后向一个工地的围栏走去。

我心想，他停下来是想解小便吧，但他逗留时间过长，显然我猜错了。他从一块块木板上走过去，似乎在打量工程的进度，他原来的居住地上一座漂亮的大楼将平地而起。

我付了酒钱，去追他。我走近他时，他才发现我，并不感到意外。他还认识我吗？他的一番话打消了我的疑虑。

“朗布雷西，”他用手杖指了指对我说道，“瞧他们把我的房子弄成什么样子！以前是一幢大楼，现在成了一个大洞，空空的一个大坑，就像拔掉一颗牙之后留下的牙床……他们会在原址建筑一个什么样的怪物呢，就像霍斯曼男爵[1]时代那样天翻地覆吗？”

---

① 霍斯曼（1809－1891），当过巴黎行政长官，为改造巴黎的市政建设做出巨大贡献。

于是他不无伤感地向我讲述他在原来的公寓里度过的平静而辛劳的时光，如今人们正以一座现代化建筑取而代之，他愤愤不已。在他的画室里，一批又一批画家来来往往，其中有些人如今已名闻遐迩。在一段时间里，他的画室已成为一个艺术团体的沙龙了。

“您是在那里让玛丽为您摆造型的吗?”我问他道。

“是的，主要在那里。其他在别处完成的。啊，我的小玛丽……多么可爱，多么顺从啊。我对她说；‘用左腿造型……张开双臂，做迎风展翅……转身，看着自己的脚，仿佛脚上有刺要拔出……’可怜的女孩啊，她做这些动作从不打折扣，但我觉得她累坏了，没完没了地摆各种姿势，有点不耐烦了。仅有一次，由于我过多要求她使用脚尖，她抱怨说脚疼。您知道我怎么回答她的吗？我说马也是用脚尖走路的，别埋怨!”

德加叹了一口气接着说道：

“这个女孩，天生的尤物啊……她并不聪明，我甚至觉得她有点笨，但在她身上，就是存在某些神秘、内在的东西。每次她离开基座重新穿上衣服时，我都有些遗憾。有时，我的灵感不期而至，真想追上她，请她再回来摆造型。”

他用食指击打我的上衣又说道：

“您如何解释这一切呢，朗布雷西？在我的其他模特儿身上，我从没有过这样的感受。她既轻盈柔软，又坚强挺拔；是的：坚挺而不可捉摸。有时，她在我面前的表现捉摸不透，有时又像牡蛎一般完全封闭。还有些时候，我的耳畔似乎听见她在对我说：‘我只是一只空瓶，在里面灌注您的灵感和才华吧。’可惜这种感觉稍纵即逝……”

“也许这就是您花了那么长时间才完成您的《小舞女》的原因吧，”我对他说道，“我没记错的话，将近三年了……”

“是的，我的朋友，前后整三年。”

“为何后来她不干了呢？”

“为何？嘿……我觉得我们彼此已经融为一体了。她在我的心中已经留下一个巨大的感情空间，我完好无损地保留着。”

“您没有把她作为您主要的模特儿留用吗？也许这样她就会得救，不再消沉下去？”

他情绪激烈地反驳道：

“看您说的！我的画室不是堕落女孩的收容所啊！请告诉我，您为什么对这个女孩这样感兴趣呢？您仅仅只是与她相识吗？”

他的记性真差。我不得不再次提醒他我的写作计划。

“请原谅，朗布雷西。您是知道的，随着年龄增长，我的记忆力……”

我的作品在阵痛中即将“分娩”了。除了内容还稍嫌单薄以外，我还没找到合适的体裁来表现。用报告文学还是用小说的形式写？用第一人称还是用第三人称写？

我在德加的家中首次与保尔·瓦莱里会面之后的次年，战争在即。我应征服役了，不得不中止我的写作，开往前线。

我请了一次假，去探望德加。女管家左爱走了，小保姆阿尔让蒂娜也走了。现在是艺术家的侄女亚娜·费福尔照料他。她是个开朗、可爱的少妇，是她给我开的门。她希望我说话简短些，说他的叔叔身体状况不佳。他完全失明已有一个星期了，可能就此垮下来。

我在前厅问她左爱的去向。

“这个女人忠心耿耿，没得说的。”她说道，“正如波德莱尔所形容的，是个‘忠贞不贰的女仆’。但她也不是无可指责的。我的叔叔是个美食家，他又如何能忍受多年来每天同样的饭菜呢？不是面食，就是小牛肉和果酱……这个可怜的老人面黄肌瘦，精力不济，有什么可奇怪的呢？”

“不过，我上一次看见他时，他似乎还行。好像走上几个钟头也没事。”

“他是能走路，但像个木偶似的，走一两小时吧。现在，他失明了，但身体好转了，多亏我精心照料。”

我问她德加是否在继续工作。

“是的，朗布雷西先生，他还在画，特别是画女人，用大炭笔画，仿佛他想把存留的构思都要完成才放心。他不时仍接待绘画爱好者，他们购买他的小幅画作开价都很高。”

她接着又说道：

“请等我一会儿，我去通报您的来访。有可能他拒绝接见您。他脾气说变就变。果真这样，就请您原谅他吧。”

她离开了一会儿，过后就示意我进去。

主人半躺在沙发上，穿着睡袍，露出了两条瘦瘦的发青的腿。画室里光线晦暗，他仍然戴着一副蓝色镜片的大眼镜。

“朗布雷西!”他大声说道，“好啊，靠近些。我好像看见您穿着军装。好嘛，我的孩子。”

他用手在我身上摸来摸去，似乎想让我摆造型似的，然后向我打听战事；更让我感到惊讶的是，他居然问起了我的书。这时，亚娜给我们端上了咖啡。他叹口气说道：

“我想告诉您，我又开始工作了，但愈来愈困难。我像个大苍蝇似的等于用手在纸上涂鸦，也不知道画到哪里。真够呛啊！不过，我并没丧失灵感和意志，只是双目失明了。瞧，年轻人，我没多少天可活了。是这样的，是这样的，我有预感。我倒是不怕死，但别来得太快。我只是担心在那边能得到什么。我是希望有信念的，对宗教毫无恶意。不过这一切我都无所谓了。”

我在向他告辞时，相信这是最后一次造访了，心里不免一阵酸楚。

“我想您的三言两语对他有好处，”亚娜·费福尔说道，

“他的医生嘱咐他出门散心，您知道他是怎么回答人家的？他说：‘让我安静些！散心，我讨厌……’”

我终于没能再见到埃德加·德加。

他于1917年9月27日清晨离开人世。亚娜·费福尔对我说道，他在床上躺了整整一个月。他的医生应征入伍了，在他临终前的几天，是临近的医生帮助他、照料他，但已经回天无力了。

在玛丽·加沙特的要求下，亚娜决定请圣母院的议事司铎苏松神甫来为他忏悔，行临终涂油礼。他突发脑中风，一直昏迷不醒，仅坚持了两天。

此时，国际局势异常紧张，冲突不断，被历史学家称之为“混乱的年代”，而且结局很不明朗。四月间，我在贵妇之路[①]受了伤，伤愈后，我又重新拿起武器。俄国人在这场战争中溃不成军，意大利人面对德国军队的野蛮进攻抵抗乏力。

我第一次请假去看望他时，曾试图使德加关心战事，但他似乎已经在另一个世界里游荡了。在我向他告辞时，他只是说了一句：

“好好打仗，朗布雷西，就像报上说的，把这些日耳曼匪帮赶回去……”

---

① 指法国北部埃纳省的埃纳河和埃莱特河之间的一条山脊道路，长三十公里，是第一次世界大战中的激战地。

宗教仪式在蒙马特高地女修院广场上的圣－让－福音传教士教堂举行。仅有三十个人左右前去蒙马特公墓，其中有画家苏珊·瓦拉东，她的儿子莫里斯·乌特里奥，克洛德·莫奈，玛丽·加沙特，弗兰和巴尔多罗美。哈雷维家也有几个人到场了，不免引起众人的注意。

几个月后，亚娜·费福尔对我说，参加的人不多她早有所料，战争固说是一个原因，也要怨叔叔本人，因为多年来，他也不跟他人打交道。

她对我说到了葬礼上发生的事情。巴尔多罗美突发奇想，居然想请一位政府官员参加并发言，而弗兰记得德加最讨厌官方仪式和大堆的废话，坚决反对。于是，两个人大吵一场。

“我看见他们几乎要动手了！”她对我说道，“叔叔反对任何仪式。他仅仅希望弗兰说几句就行了，譬如：‘德加喜欢绘画……’显然，这是心血来潮时的一句玩笑话，您能理解。最终没有人发言；政府代表早已准备的发言稿一直没从兜里拿出来。”

1918 年 3 月德军进攻索姆[①]时，我再次受伤，并且情况更加严重。我不能参加战斗了，有机会出席德加画作的拍卖会。

---

① 巴黎盆地的一个地区，属于庇卡底大区。

拍卖地点设在马德莱娜区赛兹街的乔治·培迪画廊，从3月至12月，那里将举办好几场拍卖会。

莫大的惊喜！德加作品的价位直线上升，在那些所谓的先锋派画家，他的成功成了这些人的葬曲。

在开幕的那天，亚娜·费福尔专程从南方赶来，我遇见了她。她悄悄地对我说，她正在写一本回忆她叔叔的书。玛丽·加沙特也从她的小城堡溜出，她俩结伴而来。

我惊异画家怎么没想到把他收藏的许多大师的油画作品捐赠给国家。亚娜回答我道：

“他是有所考虑的，也向我提起过。但他参观过古斯塔夫·莫罗博物馆后就放弃了这个想法。他对我说；‘我感觉就像在坟墓里走了一遭。’在他的心中，艺术作品在艺术家死后应该陈列在一个美好的地方，博物馆太晦气了。”

这番话使我联想到这两位大师的关系。德加把莫罗当成自己的朋友，说到他时口气直率但有点儿尖刻，他讽刺莫罗画笔下的神秘人物总是珠光宝气的，他说道：“莫罗想让我们以为，奥林匹亚山上的诸神都戴着金表链。”

卢浮宫买了德加的大幅油画：《贝利尼一家》，那是他在1859年游历意大利期间画的。《小舞女》成画的时间太长了，将被铸成铜像，自家收藏。我想，以后这件作品会出版发行的。从世界各地赶来的收藏家们纷纷扑向这些稀世珍品，心满意足地抢购一空。

去年我最后一次见到德加，今年是1918年，我也向他的《十四岁的小舞女》告别了。我再次见到《小舞女》，那是在很久很久之后的不同场合上，她永远穿着短裙，崭新的无吊带胸罩，颈脖上扎着一条丝带。

瓦莱里与我虽然天各一方，但彼此思念着。他住在罗西龙[①]，靠近雕刻家马易奥[②]的家，我则生活在巴黎。我还记得他在临行前对我说的一番话：

“朗贝尔，我最大的遗憾是没能在胡阿尔画廊买下德加的一幅色粉画《在盥洗室的女人》，那是我最心仪的，可惜价格太高了。但他赠予了我一张彩色素描，画的是一个芭蕾女演员，我很高兴。”

去年，瓦莱里出版了长诗《年轻的帕尔卡[③]》，是题献给安德烈·纪德[④]的。首版六百册很快便销售一空。舆论界毁誉参半：有人认为是天才之作；有人却认为这首长诗晦涩难懂，令人生厌；他们说：“与其说感觉灵敏，不如说聪明罢了。”

“在写这首长诗时，”他对我说道，“我想到了德加，帕尔卡从我们身边把他带走了。”

他询问我的小说进展情况。我说，我第二次受伤痊愈时

① 法国东比利牛斯山脉的一个省会，经济来源主要靠旅游收入。
② 马易奥（1861－1944），法国雕刻家。
③ 掌生、死、命运的三女神之一。
④ 安德烈·纪德（1869－1951），法国作家。1947年诺贝尔文学奖获得者。

写了一些；11 月间停火协议之后我利用空余时间终于完成了。他又问我准备起什么书名。

我回答他说道：

“用不着我苦思冥想，书名是现成的：《德加的小舞女》。”

（京权）图字：01-2009-4279
图书在版编目(CIP)数据

德加的小舞女／拜拉莫尔著；韩沪麟译，-北京：作家出版社，2009.8
ISBN 978-7-5063-4835-5

Ⅰ.德… Ⅱ.①拜…②韩… Ⅲ.长篇小说-法国-现代 Ⅳ.I565.45

中国版本图书馆CIP数据核字（2009）第128980号

策划：猎文文化发展有限公司

德加的小舞女

作者：（法）米歇尔·拜拉莫尔
译者：韩沪麟
责任编辑：启天
封面设计：视觉共振设计工作室
出版发行：作家出版社
社址：北京农展馆南里10号　　邮码：100125
电话传真：86-10-65930756（出版发行部）
86-10-65004079（总编室）
86-10-65015116（邮购部）
E-mail: zuojia@zuojia.net.cn
http://www.zuojia.net.cn
印刷：北京明月印务有限责任公司
成品尺寸：140×205
字数：120千
印张：6.75　　插页：4
版次：2009年8月第1版
印次：2009年8月第1次印刷
ISBN 978-7-5063-4835-5
定价：25.00元